TAKE
SHOBO

モブ令嬢なので大丈夫……じゃなかった!?

えっちな乙女ゲームに転生したら最推しエリートの公爵閣下に溺愛されてます

熊野まゆ

Illustration
Fay

contents

イラスト／Ｆａｙ

モブ令嬢なので
大丈夫……
じゃなかった!?
えっちな乙女ゲームに転生したら
最推しエリートの公爵閣下に
溺愛されてます

第一章　最推しの彼と出会ってしまいました

わたしはシングルベッドに寝転がり、耳にヘッドホンをあててスマートフォンの画面をタップしていた。

画面の向こうには白い湯けむりが立ちこめている。その中央に、わたしが最も推している彼がいる。

「もっと近くにきて……」

ヘッドホンを通して聞こえるのは、吐息混じりの極上ボイス。

湯気に濡れた金の髪と魅惑的な紫色の瞳を目の当たりにして、下腹部がきゅんきゅんと疼く。

その上、彼が色っぽい表情で「はぁ」なんてため息をつくものだからもう、たまらない。

うう、えっちすぎる……！　見ていられないよ。

わたしは寝返りを打ってうつ伏せになり、ベッドの上で両足をばたつかせてうろたえた。

スマートフォンをベッドヘッドに立てかけ、両手で自分の顔を覆ってみたものの、やっぱり気になってしまう。

指のあいだから、そっと画面を見る。鍛え上げられた腹筋が映しだされていた。

「やっ、待って……！」

ぼぼぼっと、そんな幻聴が聞こえて顔が熱くなる。そのせいか、くらくらしてきた。

そうしてどんどん、意識が遠くなっていった——。

＊＊＊

「……はっ！」

わたしは目と口を開けた。縁に金細工が施された折り上げ天井を、ぼうっと眺める。

なんだ、前世の夢かぁ……。

「ふう」と息をつき、のそりと起き上がる。

柱時計を見れば、朝の七時を回ったところだった。

それにしても危なかった。夢の中だというのに気を失ってしまうところだった。

推しの夢は心臓に悪い。

夢から覚めてしばらく経ってもまだ胸はバックンバックンと高鳴っていた。

胸に手を当てて深呼吸をしていると、部屋の扉がノックされる。

「マリアお嬢様、おはようございます」

メイド服を着た女性がやってきた。

わたしはお嬢様スマイルを浮かべて「おはよう」と返す。

今世（いま）のわたし、マリアはパストン伯爵家の一人娘。

ここは、わたしが前世でプレイしていた十八禁乙女ゲーム『ドキドキ☆ファンタジーロマンス』の世界……らしい。

『ドキドキ☆ファンタジーロマンス』――略してドキロマは、ヒロインの子爵令嬢チェルシーが超絶美形の貴公子と出会い、恋をして、さまざまなハプニングやトラブルを乗り越えて愛を深めていくゲーム。

十八禁なので、もちろんえっちなシーンがある。というか、むしろ盛りだくさんだ。

ファンタジーよろしく、この世界には魔法が当たり前に存在している。目には見えないけれど妖精だっている。

城だったり国の名前だったり。そういった、いわゆる『設定』が、前世の記憶にあるドキロマとまったく同じなので、ここがゲーム世界なのは間違いないのだけれど――。

マリア、なんてキャラ……出てこなかったんだよね。

「お嬢様、どうぞこちらへ」

メイドに促されるままドレッサーの前へ行き、スツールに座った。メイドは慣れた手つきで髪を梳（と）きはじめる。

わたしは鏡に映っている自分を見つめる。

髪は黒で、目は薄茶色。呪(のろ)うほどの不細工ではないと思うけれど、絶世の美女でもない。

ヒロインのチェルシーは、髪も目も華やかで、すごくかわいかった。わたしとは大違い。

きっとわたしは、このゲーム世界にポッと生まれただけの『モブ』なのだ。

なんでヒロインに転生できなかったの——と、嘆いたことは一度もない。

だってドキロマは、刺激が強すぎる！

攻略対象キャラクターたち全員が美形なのはもちろんのこと、ヒロインには次々とえっちなイベントが起きる。

十八禁なので、そういうものだとはわかっていた。前世では推しの攻略に励んだものの、えっちすぎて心臓が保たず、途中でリタイアしてしまった。

もしもこのゲームのヒロインに転生していたら、いまごろ心臓が壊れていたかもしれない。

モブ令嬢で、ほんっとによかったぁ……。

ヒロインのチェルシーはこのデイラ国の王太子マヌエルと結婚して、ハッピーエンドを迎えている。

だからもう、デイラ国の未来は安泰。わたしはただのモブとして、平々凡々に生きていけるはず。

メイドに髪を結い上げてもらったわたしは着替えを済ませ、食堂で朝食をとった。

そのあとは書斎へ直行した。書斎は、わたしにとってのラボだ。

ラボの中央にある執務机の前に座って「ふう」と息をつく。

わたしが前世の記憶を取り戻したのは十五歳のとき。社交界デビューする前のことだった。

前世ではプリザーブドフラワーやハーバリウムといった、花を使った雑貨の商品開発をしていた。生粋の理系女子だった。

ところが手がけた商品がやっと発売するという直前になって事故で命を落としてしまったのだ。

そういうわけで、わたしは前世の無念を晴らすべく、この世界でプリザーブドフラワーを開発することにした。

社交界にもろくに顔を出さず、ラボでプリザーブドフラワーの研究を進めた。

この世界には前世のような『科学』がない。その代わりに『魔法』がある。

プリザーブドフラワーとは元来、生花の水分を抜くことで細菌の発生を抑え、水分の代わりに薬液を注ぐことで半永久的に花の美しさを保つというものだ。

科学が未発達であるこの世界でわたしは魔法を駆使し、水分の代わりとなる薬液を魔法で調合することに成功した。

できあがったプリザーブドフラワーを、わたしは『マリアンフラワー』と名付けた。さながら自分の子どもだ。

無事に完成したことがまず嬉しかった。苦労したぶん、たくさんの人に見てもらいたくなる。

それで両親の伝手を使ってつい先日、世に売り出したばかりだった。

だから最近のわたしは、商品の評判が気になって仕方がない。

今日は新たな薬液の調合をしようと思っていたけれど、どうにも身が入らず、ため息ばかりついている。

そこへ執事が満面の笑みでやってくる。

「お嬢様！　マリアンフラワーは貴族のあいだで大変な人気を博しているそうです！」

わたしは椅子から立ち上がるなり「よかったわ！」と声を上げた。

そばにいたメイドが「おめでとうございます」と、お祝いの言葉をくれる。

ああ、ようやく報われた……！

苦節何年だろう。前世の研究期間もあわせれば、相当な年数を費やしてきた。

それが好評だとわかり、天にも昇る心地になる。

「これでようやくお嬢様も社交界でご活躍できますね」

続けてメイドがそう言ったものだから、わたしはぎくりと顔を引きつらせた。天から地へ引き戻される。

社交界へ顔を出さないのは、プリザーブドフラワーの開発に専念するためであり、商品化した暁には茶会や舞踏会へ出席する。そういう約束を両親と交わしていた。

社交の場が大事だというのはよくわかる。

前世と違って、営業部があるわけではないのだ。

せっかく開発に成功したのだから、マリアンフラワーを多くの人々に楽しんでもらいたい。

実際、プリザーブドフラワーを貴族に売り込むことができたのも、両親が社交界で信頼を得ていたからこそだ。

その信頼を、今度はパストン伯爵令嬢として自分で培う番である。

わたしにはこれまで婚約者がいなかったけれど、プリザーブドフラワーことマリアンフラワーの開発が一段落したいま、ラボに引きこもってばかりではいられない。

マリアンフラワーを使った雑貨の販路拡大に向けて社交の場へ出ていく必要があるのは充分わかっている。

わかってるけど……そんな華やかな場所へ行ったら『彼』と遭遇しちゃうかもしれない！

最推しの彼に会ってしまったら、もう絶対——心臓が爆発する。

夢に見るだけでも、頭の中に思い描くだけでもドキドキする。だから直に会うなんてことになれば、自分がいったいどうなってしまうのか、想像すらつかない。

「ええと……そうね。もう少し、マリアンフラワーを使った雑貨の考案に時間が欲しいところなの。社交界へ出ていくのはそのあとになるわね」

目を輝かせているメイドや執事に言いわけをして、わたしはデザイン画を描くべく羽根ペンを手に取った。

昼を過ぎたころ、デイラ城へ行っていた両親が屋敷に戻ってきたと執事から知らされた。

「旦那様方とご一緒にカーライル公爵様もいらっしゃったそうです。ぜひお嬢様にお会いしたいとのことでしたので、ご準備をお願いいたします」

執事は嬉しそうに両手を擦り合わせている。

いっぽうわたしは、羽根ペンを持ったまま絶句していた。

「カーライル公爵……トラヴィス、様?」

名前を口にしただけでも頬が熱くなった。

わたしの呟きに、執事はにこにこ顔で「さようでございます!」と答える。

うそ、うそ……本当に?

トラヴィス様は、若くして公爵となり、国政にも参画している有能な人物だ。

言わずもがな超が三つか四つ、いやそれ以上はつくほどの美形で、女性から絶大な人気を誇っている。

そしてなにを隠そう、トラヴィス様はわたしの最推しなのだ。

かつてのわたしは、十八禁展開で心臓が壊れそうになりながらも、トラヴィス様ルートの序盤を何度も繰り返しプレイしていた。

わたしにあともう少しの勇気があれば、美貌のトラヴィス様とアハンウフフな展開までいくことができたのだろう。

　ところが刺激が強すぎて、最後までプレイできなかった。我ながら意気地なしである。

　公式の設定資料集によれば、トラヴィス様ルートにはいくつもエンディングが用意されているけれど、じつはそのいずれも、調教や監禁といった物騒なものだ。

　でも、伝説の溺愛エンドがあるとかないとか……SNSで囁かれてたっけ。

「――お嬢様？」

　執事から呼びかけられた。

　いけない、すっかり前世の思い出に浸ってしまっていた。

　わたしは気を取り直して言う。

「トラヴィス様が、いまこの屋敷にいらっしゃるのね？」

「はい。お嬢様に、会いににいらしたそうです」

　わたしに、会いに……！

　今世でこれほど心が躍ったことはいままでにない。

　わたしは羽根ペンをスタンドへ戻し、立ち上がりながら「どうしてかしら、なにか聞いている？」と尋ねた。

「私にはわかりかねます」と、執事はにこにこ顔のまま言った。

　メイドが慌てたようすで、けれど嬉しそうに、わたしの髪やドレスにおかしなところがないかチェックを始める。

「お嬢様、完璧でございます！　さあどうぞ、応接室へ」

メイドも執事も、わたしが社交的になることを望んでいる。『伯爵令嬢』とは、そういうものだ。

心臓――もう爆発しそうなんだけど、トラヴィス様に会うまで保つかな⁉

いや、トラヴィス様とは同じ世界にいるのだから、いつかは会うことになる。

その機会がいま、きたというだけだ。わたしは覚悟を決めてラボを出る。

トラヴィス様が屋敷を訪れ、わたしに会いたい理由。それは、マリアンフラワーについて話を聞くためだろう。

花の生育を主とするカーライル公爵領の領主であるトラヴィス様は、そこに住まう人々がよりよい生活を送るためならどんな手間も厭わない人だ。

ゲームではそういう設定だったし、今世の両親から聞いた話でもそうだった。

くわえてトラヴィス様は、デイラ国王太子の旧友だ。城にもよく出入りして、国政についてアドバイスをしているのだという。

花を愛する有能なエリート公爵閣下、トラヴィス様。前世のわたしが最も推していた彼に、これから会う。

あぁあ、どうしよう……！

息の仕方がわからなくなりそうなほど緊張していた。

執事が応接室の扉をノックして開ける。

彼はソファに座ることなく部屋の中央に佇んでいた。

金の髪を揺らしてトラヴィス様がこちらを振り向く。

神秘的な紫の瞳に、すっと通った鼻筋。乱れのない曲線を描く眉は凛々しくて理知的だ。

白地に金の刺繍が施された瀟洒なジュストコールがこれほど似合う人はほかにいない。

優しげな雰囲気の中に艶っぽさがあり、見ているだけで全身をくすぐられる。

二次元の彼が、高精度でそのまま三次元化されている。

これは夢ではないかと疑って、ぎゅうっと強く拳を握れば、爪が手のひらに食い込んでとても痛かった。

夢じゃ、ない。画面の向こうでもなくて……いま、目の前にトラヴィス様がいる。

本当はずっと会いたかった。けれど、心配もあった。

一目でも見れば虜になって、彼のことしか考えられなくなりそうで怖かったし、なによりドキドキしすぎている。このままではきっと心臓が破裂する。

「初めまして、マリア」

名前……っ、呼ばれた！

ドッドッドッ……と、心臓がうるさい。冷や汗も出てきた。

最推しの彼を前にして、とても平常心ではいられない。

「……マリア、ご挨拶を」

お父様に促されたわたしは、大きく息を吸い込んだ。

「あの……わたし……そ、そのっ……」

トラヴィス様と同じ空気を吸っていると思うと緊張して、うまく口が動かない。

彼に会う覚悟が足りなかったと痛感する。いきなりだったのでやむなしだ。

かっこよすぎるよ！

いますぐ写真を――いや、動画を撮って永久保存したいくらいだった。

わたしがまごついていても、彼は気を悪くするようすもなく微笑している。

「娘は社交の場に不慣れでして、申し訳ございません」と、お父様が困り顔でフォローしてくれる。わたしはお辞儀をするだけで精いっぱいだ。

そのあとは、彼の顔をまともに見ることができなかった。

まともに見たら最後、きっと気を失う。

ほほえみが頭に焼きついて、動画を撮らずとも脳内で繰り返し再生できるくらいだ。

まじまじと見つめてしまえば、有頂天になって心停止しかねない。

トラヴィス様のクラヴァットに視線を据えていると、お父様からソファに座るよう促された。

皆が着席するなり、メイドたちが手分けして人数分の紅茶を淹れた。

わたしは両親に挟まれる形でソファの中央に座っていた。向かいにはトラヴィス様がいる。

彼がティーカップのハンドルをつまむのにすら感動する。ゲームではそんなムービーはなかった。

「カーライル公爵は、マリアンフラワーに関心を寄せてくださったのだ」

「よかったわね、マリア。公爵様はあなたとの婚約を前向きに考えてくださるそうなの」

それはつまり。

わたしとトラヴィス様が、政略結婚するってこと⁉

「そっ……――!」

そんなの絶対無理だと叫ぶ前に、なんとかこらえて口を噤んだ。

彼と実際に会えたことは嬉しい。名前も呼んでもらえた。

もうそれだけで、転生した甲斐があったというものだ。

それなのに結婚だなんて……ドキドキしすぎて死んじゃうかもしれない！

それに話の流れからして、両親のほうから政略結婚を持ちかけたと思われる。

結婚について、両親に心配をかけてしまっている申し訳なさはあるものの、せめてトラヴィス様に話をする前に相談してほしかった。

引く手あまたのトラヴィス様なのだ。モブ令嬢との縁談なんて迷惑に決まっている。

でも、いまこの場で「わたしとの縁談なんて迷惑でしょ？」だなんて……訊けない。

ここで下手なことを言わずとも、結婚に関してはきっと断られる。それはそれで残念な気持ちはあるけれど、モブとして分を弁えねば。

わたしは笑ってやり過ごすことにした。

笑顔を貼りつけるわたしを、トラヴィス様が穏やかに見つめる。

「急に押しかけたせいで戸惑わせてしまったかな、マリア。どうか気兼ねなく話をしてほしい」

整った唇から発せられた声にぞくぞくする。

……って、わたしは変態か！

彼の口や首元ばかり見ていたせいかよけいに、甘さを帯びた低い声に聞き入ってしまった。

わたしは細い声で「はい」と言うのがやっとだ。

気の利いた言葉を返せないわたしを看過できないらしいお父様が「マリアはラボに籠って花の研究ばかりしておりますから、どうも口下手で」と言いわけした。

「ラボ——か。興味深い。マリアンフラワーがどのような場所で生みだされたのか、見せてもらっても？」

わたしが口を開く前にお父様が快諾する。

「どうぞどうぞ、マリアとふたりでごゆっくりと！」

ふたりで⁉

ぎゅんっと勢いよくお父様を振り返る。

お父様は「どうだ、気が利くだろう」とでも言いたげな顔で頷いている。お母様もまた満面の笑みで「公爵様をしっかりとご案内するのですよ」と、追い打ちをかけてきた。

もうっ、この両親は！

いや、いままで社交界そっちのけでマリアンフラワーの研究開発に勤しむことができたのは彼らのおかげだ。感謝はしている――けれど、いくらなんでも性急に事を進めすぎだ。

この世界では、婚約者以外の異性と密室でふたりきりになってはいけないという通説がある。

「ラボの扉は開けたままでかまわないから、案内してもらえるかな。私の従者は廊下で待機させる」

扉を開けたままなら『密室』にはならない。ラボでふたりきりだとしても廊下に彼の従者がいるのなら、問題ないだろう。

さすがトラヴィス様。わたしと違って機転が利く。

慌ててばかりの自分とは大違いだと思いながら、わたしは「はい、どうぞこちらへ」と答え、トラヴィス様と一緒に廊下へ出た。

並んで歩いていると、トラヴィス様の身長が高いことを実感する。

そのぶん彼の歩幅は広いのだけれど、どうやら歩調を合わせてくれている。わたしがトラヴィス様に置いていかれるということはなかった。

わたしはドキドキしながらラボの扉を開け、トラヴィス様を部屋に通した。

ああ、もうちょっと片付けてから出てくればよかった。

机の上には開きっぱなしの本が散乱している。薬液の原材料である果実や薬草も、あちらこちらに置いたままだ。

ふだんから整理整頓していないからこうなるのだ――と反省しながら、わたしは「散らかっており申し訳ございません」と謝った。

「かまわないよ。私のほうこそ、急にすまなかった。どうか気にしないで」

散らかっていることなんてまったく気にしないようすでトラヴィス様は目を輝かせ、ラボの中を見まわしている。

「薬液の調合にはどんな道具を使っているの？」

「これです」

わたしは白い乳鉢（にゅうばち）と乳棒を手に取って掲げる。この世界には乳鉢も乳棒も売られていなかったから、陶器を扱う会社に特注して用意したものだ。

この乳鉢と乳棒を使って薬液の元となる素材を作ったあとは、魔法でマリアンフラワーを仕上げていくのだと、わたしはトラヴィス様に説明した。

「なるほど……。シンプルだけれど、洗練された工法なのだろうね。マリアはいつからこういった研究を？」

「大学生のときからなので、十八歳から──」

「ダイガクセイ？」

いけない、つい前世のことを答えてしまった。

「いっ、いいえ！　その……三年前、十五歳からです」

いまのわたしは十八歳。そしてトラヴィス様は二十七歳。考えてみれば彼より九つも年下だ。

わたしってそもそも、トラヴィス様の恋愛対象じゃ……ないよね。

今世も前世も自分が平々凡々なのは重々承知している。

だから、スタートラインはモブ令嬢。よくてビジネスパートナーだ。

……うん。そういうパートナー的なポジションなら、確立できるかもしれない。

わたしがそんなことを考えているあいだも、トラヴィス様はラボに置かれた道具や書物、素材の数々に夢中だった。

「マリアは三年もずっと励んできたんだね。すべて独学で？」

本棚に並べられた分厚い書物を見てトラヴィス様が言った。プリザーブドフラワーについては前世の知識があったので厳密に言えば『独学』ではないけれど、魔法に関してはそうだ。

「ひとりで……励んでおりました。そのぶん、社交界にはほとんど顔を出さず親不孝をしました」

「そう……。でもそのおかげで、いままで悪い虫がつかなかったのでは？」

いたずらっぽい声音だった。

社交辞令なのかそうでないのか、わからない。

わたしは相変わらず彼とは視線を合わせられずにいた。

「……カーライル領との事業提携について、マリアは気が進まないのかな」

「えっ？」

言われて初めて顔を上げ、彼を見る。トラヴィス様はどこか哀しげにほほえんでいた。

「ずっと……浮かない顔をしているように見えるから」

「い、いいえ……違います。願ってもないお話です」

「本当に？」

「……はい。心からの言葉です」

社交界において、両親よりもさらに大きな影響力を持っているトラヴィス様に声をかけてもらえたのは奇跡とも思える幸運だ。

彼を前にすると心臓が保たないということを除けば、これほどよい話はない。

そう思うのに、いつのまにかまた下を向いてしまっていた。

手首には届かない、浅めの黒い手袋をした大きな手のひらが伸びてきて、お腹のあたりで組んでいたわたしの両手を包む。

あ……だめだ。この手袋がもう、なんだかえっち……！

目を回しそうになっているところへ「マリア」と呼びかけられる。

誘惑が強すぎて、顔を上げるしかなかった。

トラヴィス様はごく真剣な顔つきでこちらを見おろしている。

「マリアンフラワーは無限の可能性に溢れている。カーライル領の花々をぜひきみに使ってもらいたい。より多くの人々に笑みが届くよう役立ててもらえたら嬉しい。そしてそのために、全力を尽くしたいと思っている」

わたしはトラヴィス様の美貌に囚われるのと同時に深く感銘を受け、何度も頷いていた。

「私はね、きみが生みだした花の虜になったんだ。寝ても覚めてもそのことばかり考えている」

虜になっているのはわたしのほう。

前世では、花が好きだという彼に共感した。それで最推しになった。

そしてそれは出会ってからも変わらない。

むしろもっとその気持ちが強くなったかも……。

やっぱり彼は、最も推せる人。尊敬してやまない、美しい人。

夢見心地で惚けているわたしに、トラヴィス様が提案する。

「さっそくだけれど、いまから公爵領の花畑を見てもらえないかな。都合はどう?」

特に予定のなかったわたしは「もちろんでございます」と二つ返事をした。

ラボを出ると、ようすを窺っていたのか廊下の角に両親がいた。

「事業提携のため、これからカーライル公爵様の所領を見せていただくことになりました」

結婚の話は進んでいないと訴えるため『事業提携』という言葉を強めに言ったのだけれど、両親はまるで聞いていないようすで「娘をどうぞ末永くよろしくお願いいたします！」なんて口走って頭を下げた。

わたし自身がトラヴィス様に必要とされてるわけじゃないから！

勘違いも甚だしいと叫びたかったけれど、トラヴィス様が「ええ、もちろん」と返事をしてしまうものだから、なにも言えなくなった。

そういえばドキロマでは、トラヴィス様は天然なところもあるという設定だった。そんなことまできちんと再現されている。

わたし……本当に転生したんだ。

じつはいままで、すべて妄想なのではないかと疑うこともあった。

マリアなんていうモブ令嬢は、どれだけ記憶を辿ってもドキロマに出てこなかったし、トラヴィス様にだって、名前は知っていたものの実際に会ったことはなかった。

けれど最推しのトラヴィス様と出会い、相違のなさを目の当たりにして、わたしは転生者であることを実感した。

……でも大丈夫。だってわたしは名前も知られていないモブ。

ヒロインのチェルシーはマヌエルと結婚した。物語は完全に終わっている。

ゆえに、わたしとトラヴィス様が出会ったからといって新たなストーリーが始まるわけではないはずだ。

トラヴィス様ルートが始まってしまったらそれこそ、えっちなイベントが盛りだくさんだし波瀾万丈（はらんばんじょう）もある。

最悪の場合はバッドエンドだってあり得る。そんなのはごめんだ。

わたしはマリアンフラワーをたくさんの人に届けられればそれで満足。

そして花の魅力をもっと伝えられる商品をどんどん開発して、世に出していきたい。

だから、いつまでもトラヴィス様のことを意識していてはだめ。

彼はビジネスパートナーなのだ。「黒いハーフグローブが似合いすぎてえっち」なんて、変な目で見るほうが失礼というもの。

わたしはなんとか気持ちを切り替えて、パストン伯爵家を出た。

門前にはカーライル公爵家の紋章が刻まれた立派な馬車が停（と）まっていた。

わたしはトラヴィス様にエスコートされて馬車へ乗り込む。

馬車内はふたりきり――ではない。向かいの座席にはトラヴィス様とその従者が、わたしの隣には世話役のメイドが同乗している。

「閣下、こちらの書類にお目通しをお願いできますか」

トラヴィス様の従者が彼に書類を手渡す。トラヴィス様は窺(うかが)うようにわたしのほうを見た。

「どうぞ、わたしのことは気にせずお仕事をなさってください」

やっと気の利いたことを言えた。

彼は申し訳なさそうな顔になりながらも「ありがとう」と言って書類に目を通しはじめた。

馬車の中でも書類仕事をしなくちゃいけないくらいお忙しいのに。

直々に案内してもらえるのはありがたいことだ。

実りのある領地見学をしなければと心に決め、わたしは窓の外を眺めた。

パストン伯爵家のタウンハウスから馬車で十分ほど走ればカーライル公爵領に入る。

石畳が敷かれた大きな道から逸(そ)れて側道へ。それまでよりも道幅は狭くなったものの、地面はきちんと整備されているらしく平らで、馬車が大きく揺れることはなかった。

しだいに水車が見えてきたものだから、わたしはつい身を乗りだして窓辺に貼りついた。

「マリア。花畑へ行く前に、水車に立ち寄っても？」

「はい！　あの……わたし、水車を拝見したいです」

「よかった。ではいったん馬車を降りよう」

トラヴィス様は、外にいる御者に「水車の前で停まってくれ」と指示した。

開(ひら)けた場所で馬車を降り、水車へ向かって歩く。

大きな川に面して設えられたこの水車は、小麦の製粉と揚水のためにあるのだろう。小麦袋と水瓶(みずがめ)が水車小屋の前に並んでいた。

木造の水車小屋から、茶色いハンチング帽を被った青年が顔を出す。トラヴィス様は青年に「やあ」と声をかけた。

「ご苦労様。水車の調子はどう？」

「閣下！　あぁよかった。じつは起動部の歯車が著しく劣化してまして……あとどれだけ保つやら」

水車小屋の管理人らしき青年は深刻そうに眉根を寄せている。

トラヴィス様は足早に水車小屋へと入っていき、水車の機動部にあたる歯車を触って確かめていた。

「この部分は構造上、ほかと比べて傷みやすいから私も気になっていた。すぐに改めよう」

彼がくるりとこちらを振り返る。

「悪いが待っていてもらえるかな、マリア」

気遣わしげに眉を下げるトラヴィス様に向かってわたしは「はい」と答え、邪魔にならないよう小屋の入り口付近に、壁に背をくっつけるようにしてひっそりと立った。

管理人の青年は奥の棚から岩石や粘土など、部品の原材料になると思(おぼ)しきものを運びだしてトラヴィス様の近くに準備する。

原材料が揃うと、トラヴィス様はまっすぐ前に手を掲げた。

岩と粘土、水瓶の水や木材が小さな小さな粒になって浮かび上がり、彼が掲げている手のすぐそばへ少しずつ集まっていく。

そうだ……トラヴィス様は五大元素をすべて操れるんだった。

通常はひとつの元素しか魔法で操ることができない。そのひとつだって、だれもが簡単に魔法を扱えるわけではないのだ。

かくいうわたしも前世のことを思いだしたあと、複数の元素を扱えないか試してみたけれど、適性があったのは水属性だけだった。

トラヴィス様は、見るかぎりすべての元素を駆使して歯車を形成している。

形成には熱を加えているらしく、ときおり赤い炎が上がる。彼の金髪は先ほどからずっと、風に吹き上げられたようにふわふわと揺れていた。

ああ……幸せ。

非公式なスチルを目にしているようで嬉しくなって、自然と顔がにやけてしまう。

そんなわたしの近くにはメイドと、トラヴィス様の従者がいた。

「マリア様は、閣下にご質問などなさらないのでございますか？」

従者が控えめに尋ねてきた。

「質問、ですか？　そうですね……事業提携については追ってご相談申し上げたいと考えております」

わたしはキリリと、大真面目に答える。中年の従者はなぜかおかしそうに笑った。

「失礼しました。いえ、閣下はよくご令嬢方から質問責めにされていらっしゃるものですから。好きな食べ物や、女性の好みまで……それはもう、ほかの仕事をする暇もないくらいに。先ほどは馬車内で書類仕事をお許しくださり助かりました。そうでなければ閣下は惜しみなく睡眠時間を削ってしまわれます」

「許すだなんて、そんな……。睡眠はとても大切です」

するとと従者はまた笑った。

「この水車は閣下がすべての部品を造られたのですよ。組み上げも、魔法を使ってご自身でなさいました」

「まあ……！　素敵ですね」

トラヴィス様が魔法を使ってクラフトをすることは知っていたけれど、これほど大規模なものまで造っていたとは驚きだ。

なるほど、ご自身で造られたものだから、こうして部品の交換もしていらっしゃるのね。

わたしが感心していると、手持ち無沙汰になったらしい管理人の青年がそばにやってきた。

「お嬢様方はどこかへお出かけになる途中だったんですよね？　足止めしちゃってすみません」

「いいえ、こうして水車の内部まで拝見できて、嬉しいです」

青年は嬉しそうに、屈託のない笑みを浮かべる。

「いやぁ、それにしてもよかった。お嬢様は閣下の婚約者様でしょう？」

「えっ⁉　い、いえ……わたしは、ええと……事業について話し合いをさせてもらっている者です」

わたしはトラヴィス様を推す傍観者であって、婚約者なんていう――大それた存在ではない。たぶん。

「おや、そうなんですか。僕が心配するようなことじゃないですが、閣下はどうもご自身よりも領地のことばかりで。婚期を逃し続けていらっしゃるんじゃないかって……。貴族のご令嬢は領地の見学すら嫌がって同行してくださらないようですから」

青年の言葉に、従者は賛同するように小さく頷いた。

婚期を逃してるだなんて、そんなことないと思うけど。

しかしヒロインがもしトラヴィス様ルートに入っていたなら彼は二十五歳で結婚したはずだ。そう考えればたしかに『婚期を逃した』ことになる。

わたしが考え込んでいると、管理人の男性は慌てたようすで言い繕う。

「あっ、すみません。お嬢様も貴族のご令嬢ですよね」

肩書きはそうだけれど、心は前世のまま庶民だ。

わたしは「いいえ、どうかお気になさらず」と返して、水車の部品を造っているトラヴィス様を見つめた。

　真剣な横顔がきれいすぎて、いつまでも眺めていたくなる。

　時間が経つのはあっというまだった。

　歯車の形成を終えたトラヴィス様はそれを既存の部品と差し替えた。それもまた鮮やかな手腕だった。

　魔法陣でも描くように指を振るトラヴィス様が麗しすぎて、わたしは惚けっぱなしだ。

「──ずいぶんと待たせてしまったね」

　作業を終えたトラヴィス様が早足で近づいてくる。

「とんでもないことでございます。無事に修復できてよかったですね！　ひとつの部品でも、欠けてしまっては機能に支障をきたしますし」

　わたしが言うなりトラヴィス様は驚いたように目を見開いた。唇を引き結んだまま、わたしを見おろしている。

「あ、あの……？」

　わたし、なんか変なこと言っちゃった⁉

　視線を落として考えあぐねたものの、いったいなにが問題発言だったのか、皆目見当がつかなかった。

「マリアは、面白いね」

顔を上げれば、トラヴィス様は紫眼を細くしてほほえんでいた。

「面白い……?」

「すまない、失礼な言い方だった。すごく魅力的だという意味だよ」

彼が笑みを深める。その笑顔は自分に向けられているのだという実感が湧かずに、わたしはまだスチルを眺めている気分になった。

水車小屋の青年と別れ、一行はふたたび馬車に乗る。

「公爵様、どうぞ書類仕事を再開なさってください!」

わたしは従者とアイコンタクトを取って頷く。そのようすを見ていたトラヴィス様が、小さく眉根を寄せた。

「私が歯車を造っているあいだにふたりで……いや、管理の青年もまじえてなにか話をしていたね。いったいどんな?」

心なしか不機嫌そうにトラヴィス様が訊いてきた。

トラヴィス様の結婚を心配してる……なんて、言わないほうがいいよね。

「先ほどの水車は公爵様がすべてお造りになったとお聞きしました。公爵様は領地のことを本当によくお考えになり、自らも積極的にご尽力なさっていて――敬服いたします」

トラヴィス様は小さく唇を震わせて、耳の下に手を当てて視線をさまよわせた。その頬はほんのりと赤い。

えっ……もしかして照れてる⁉

なんというレアな光景だろう。彼の設定に『照れ屋』という属性はなかったはずだ。

トラヴィス様は従者から書類を受け取ったものの、心ここにあらずといったようすでこちらを見たり、手元に視線を落としたりしている。

「……マリアは褒めるのが上手だね。それに物事の捉え方が大人……というか。しっかりしている。私とそう変わらない年齢のように思えてしまうよ」

トラヴィス様は冗談でそう言ったのかもしれないけれど、わたしとしてはドキッとする。

精神年齢は前世と同じ二十五歳だから、トラヴィス様の発言はあながち間違っていない。けど、前世は日本人で二十五歳の会社員でした……だなんて。

隠しておいたほうがいいだろう。

そもそもここがゲームの世界だということも、ここに住まう人々には受け入れがたいことだ。

曖昧に笑い返し、窓の外へ目を向ける。これ以上、話をしていては書類仕事の邪魔になる。

わたしは傍観者なんだから、むやみやたらに話しかけないほうがいい。

走行音だけが響く中、馬車は順調に田舎道を進んでいく。

景色はいっそう緑豊かになった。どこを見ても花と果実に溢れている。

花農家のこぢんまりとした邸宅前で馬車は停まった。

開かれた馬車の扉から外に降り立つなり花の甘い香りに包まれる。わたしは思わず大きく息を吸い込んだ。

まず目についたのは真っ赤なアマリリス。雲間から射す光を受けてきらきらと輝いている。アマリリスの向こうには色とりどりのバラが咲き乱れていた。そしてそのまわりにはアネモネの薄い花びらが風に揺られている。

そんな花畑が、見渡すかぎりどこまでも続いている。

まるで絵本の世界に迷い込んだよう。いや、実際ここはゲームの世界なのだから似たようなものだ。

わたしはくるくると体を回転させながら、何度も花畑を見まわした。少し目が回ってしまい、立ち止まる。

「きれい――こんな景色、初めて見た」

つい本音が漏れる。パストン伯爵令嬢らしからぬ発言だ。わたしは慌てて口を押さえた。けれどトラヴィス様は気にしていないようすだ。

「気に入ってもらえてよかった。きて、案内する」

彼もまた少し砕けた、気安い口調だ。

指先から親指の付け根のあたりまでが覆われたハーフグローブの右手に左手を取られて歩きだす。

トラヴィス様が手袋をしていてよかった。

もしも直に肌が触れ合ってしまったら、その熱でなにもかも溶かされていたかもしれない。

しっかりと地面に立って歩いているのに、ふわふわと浮かんでいるような心地になる。

少しすると、彼が急に立ち止まった。

後ろからついてきていた従者とメイドに向かってトラヴィス様は「しばらく休んでいていい」と言った。

「密室ではないから、ふたりきりになってもいいよね？」

彼がいたずらっぽくウィンクするものだから、呼吸と心臓が止まりそうになる。

もしもスマートフォンを手にしていたならバーストモードで連写しているところだ。

「もっとも、花々を世話をする者があちこちにいるから……完全にふたりきりにはなれないけれどね」

さも残念そうに呟（つぶや）いて、トラヴィス様はまた歩きだす。その横顔はとても楽しそうだった。

はっ……いけない。うっかりしてたらトラヴィス様ばっかり見ちゃう。

主目的はトラヴィス様の鑑賞ではなく、カーライル領の花を観察することだ。

そして事業計画を練り、花を使った雑貨のインスピレーションを得ること。

彼の美貌に現（うつつ）を抜かしている場合ではない。

わたしは小さく首を振って、花々を注視する。

よく見れば、アマリリスやバラ、アネモネ以外にもさまざまな花が植えられていた。

中にはまったく知らない種類の花もある。ここは創造上の世界で、魔法まであるくらいだから、前世にはなかった花があってもおかしくない。

「あの——花びらや茎に触ってみてもよろしいですか？」

「もちろん、かまわないよ」

「ありがとうございます、では……」

わたしはそっと彼の手を放し、その場にしゃがみ込む。クマの顔のような形の肉厚な花びらに、そっと触ってみた。

なんかしっとりしてる！

見た目からは触感までわからなかった。

トラヴィス様はわたしのすぐ隣で身を屈める。

「それはクマノォミだね。このあたりではきっと珍しい」

「はい、初めて拝見しました」

これをこのままマリアンフラワーにしちゃえば、クマをテーマにしたかわいい雑貨が作れそう。うん、絶対売れる！

わたしはにやにやしながら他の花にも目を向ける。どれもこれも魅力的で目移りしてしまう。

しゃがんだり立ち上がったりしながら移動して、花を見てまわっていたわたしだったけれど、ふとトラヴィス様に見られていることに気がついた。

紫色の瞳とばっちり目が合う。

「ど……どうなさいました?」

視線を逸らしながら尋ねると、トラヴィス様はわたしの瞳を追うように顔を覗き込んだ。

「きみが心の底から花を愛していることが、よくわかるな……って」

「そっ、そう……ですか?」

声を裏返らせながら、わたしはなおも彼の視線を避けて立ち上がった。

とてもではないけれど、ずっと見つめ合っているなんて——できない。

なんかすっごく恥ずかしい!

花に夢中になって、子どもっぽいと思われなかったかな。

ううん、いまは十八歳なんだから、夢中になるくらいがちょうどいいのかも。

実際、前世で十八歳だったときはどうだっただろう——と記憶を辿ったものの、はっきりとは思いだせなかった。

今世で積み重ねた十八年を足せば、前世での十八歳は二十年以上昔のことだし、絶命前の二十五歳ごろのことはよく覚えているものの、幼少期の記憶はおぼろげだ。

ただ、庭にはいつも花が植えられていたことだけは覚えている。お母さんがいつも大切そうに水をあげていた。

それで、花に関わる仕事をしたいと思うようになった。

トラヴィス様の言うとおり……わたし、すっごく花を愛してる。

おずおずと視線を上に向けて彼のほうを見れば、トラヴィス様は相変わらず楽しそうにほほえんでいた。

無自覚だったこと——心の底から花を愛していること——を囁(ささや)かれて、心の奥がむずむずしてくる。

彼に理解されていることが、妙に気恥ずかしい。

いいのかな……ただのモブ令嬢なのに。

彼に関わりすぎてしまっているのではないかと、空恐ろしくなった。

わたしが立ち上がったときだった。ぽつりと、水粒が頬を打つ。

「スコールか」と短く言って、トラヴィス様は天を仰いだ。

「急いで馬車に戻りま——」

皆まで言えない。トラヴィス様が天に向かって手を伸ばすと、雨は小さな水の玉に変わってわたしたちを避け、地へ落ちていった。

それはまるで見えない傘をさしているよう。トラヴィス様は水と風を同時に操って、透明な傘を作ったのだ。

水車小屋での歯車もそうだったけれど、複数の元素を同時に操るのはとても高度な魔法だ。

「これでもう心配ない。思う存分、観察を続けて?」

彼は自分のためではなくだれかのために、少しも厭わず魔法を使う。

優しいほほえみの向こうを、まん丸の水粒が幾筋にも連なって流れていく。

わたしは声もなく頷いて、花畑へと視線を戻した。ドレスの裾に気をつけながら膝を折る。

雨に濡れた花びらはいっそう美しい。

いま見つめているのは黄色い花だというのに、脳裏に浮かぶのはトラヴィス様のことばかり。

もう、こんなの……だめだよ。

彼の優しさが身に染みて、ときめいてしまう。

「マリア？　顔が赤いようだけれど……平気？　疲れてしまったかな」

トラヴィス様は、俯いてばかりいるわたしのすぐそばにしゃがみ込む。

心配をかけてしまっているとわかっていても、彼のほうを振り向けなかった。

彼との距離が近くなるとよけいに全身が熱くなり、胸の高鳴りが収まらない。

「この……黄色い花。水に濡れるとまた趣(おもむき)が違って、きれいで……感動したからか、少し暑くなってしまって」

なんとか言いわけすると、トラヴィス様は目を細めて「そうだね」と相槌を打ち、指先を軽く振った。直後、頬に涼やかな風を感じる。

魔法で風を送ってくれてるんだ。

至れり尽くせり、贅沢すぎる。

胸まで熱くなるのを感じながらわたしはしゃがむのを止め、そっと立ち上がった。彼もわたしに倣う。

スコールが通りすぎ、晴れ間が覗く。トラヴィス様は雨上がりの空を見て、眩しそうに紫眼を細くした。

わたしは彼の真正面に立って顔を上げる。俯いたまま言うのでは失礼だ。

「ありがとうございます……公爵様」

トラヴィス様はわずかに目を瞠り、首を傾げた。

「こちらこそ。きみに愛でてもらえて、花たちも嬉しそうだ」

ふたたび手を取られた。花畑の中をふたりで進んでいく。

水粒がくっついた花々は陽の光を受けて宝石のように輝いている。夢のような光景だった。

初めに手を繋いだときよりも、触れ合っている部分が熱い。

トラヴィス様は手袋を嵌めたままなのに。

きっと彼のことを意識しすぎているせいだ。心の中で必死に「わたしはモブ、わたしはモブ」と繰り返す。

モブ令嬢じゃ、トラヴィス様に釣り合わないよ。

どれだけ彼が魅力的であろうと、優しくされようとも、身の程を弁えて行動しなければ。

そしていま最も重要なのは、マリアンフラワーのこれからについてだ。

トラヴィス様に連れられて花畑の中を進んでいると、遠くに果樹園が見えた。

馬車に揺られているときに見たものとはまた違う種類の果実のようだった。

「果実はマリアンフラワーの薬液の原材料になるのです。果実の種類によって発色や香りが変わりますので、様々な果実を原材料として試したいと考えているのですが、よろしいでしょうか?」

「もちろん、どんどん使ってほしい。けれど、そうか……薬液によって色や匂いが変わるのなら、もしかしたらなにか魔法的な効果が付与されるかも」

「魔法的な効果……というと?」

「たとえば、マリアンフラワーの匂いを嗅ぐと心が安らぐ……だとか。あるいは、触れていると楽しい気分になる、だとか。魔法を使って作られたものには術者の思いや特性が宿り、それが効果として現れることがあるんだ。効果の付きやすさや、どんな効果が付くのかは、原材料によって異なる」

「そうだったのですか!　まったく存じ上げませんでした」

トラヴィス様はうっとりとほほえむ。

「いま私はどちらも実感しているけれどね」

彼は大きく息を吸い込むと、わたしと繋(つな)いでいる手を軽く引き寄せた。彼がなにを実感しているのか、頬が熱くなりすぎたせいでまともに考えることができなかった。

しばらく歩くと、デニムのオーバーオールを着た壮年の男性に出くわした。悩ましげな顔で腕を組んでいる。

「どうかした？」とトラヴィス様が声をかけると、男性はますます眉を下げた。

「閣下、これです」

男性が指さす。そこには茎が茶色くなり、葉もほとんど落ちて、もとの色や形を失ったバラがあった。

「病気になっちまったようで……。いろいろと手は尽くしたんですが、もうだめですなぁ」

男性がバラを根っこから引き抜くのを見て、わたしは待ったをかける。

「そのバラ、譲っていただけませんか？」

「へっ？」と、男性は頓狂な声を上げた。

「花もつけていない枯れたバラなんて、いったいどうするんです？」

「わたしの魔法で、花を咲かせることができると思うんです」

そう提案しても、男性は不思議そうに首を捻るばかりだった。

「説明するより見てもらうほうが早いのですけど、いまは道具がないし……」

わたしが呟けば、トラヴィス様は目を輝かせた。

「きみのラボにあったものと同じ道具なら、すぐに作ることができるよ。形は覚えている」

トラヴィス様があたりを見まわす。原材料にちょうどよさそうな岩石を見つけると、さっそく魔法で組成を組み替えて、瞬く間に乳鉢と乳棒を作ってくれた。

「これでどう？」

「すごい……完璧です！」

するとと彼は、はにかんだような笑みになる。

うっ……笑顔が眩しい。

わたしはしどろもどろになりながら「ええと」と気を取り直す。

「あとは薬液の原材料をどうするか、ですね。枯れたバラだから……なにかエネルギッシュなものを」

「ではあの大きなオレンジは？」

「いいですね！」

トラヴィス様が、風を操って採取してくれる。

「ほかに必要なものは？」

「そうですね……バジルと、それからワインでしょうか」

枯れたバラの根は黒い。根腐れを起こしたのだろう。

殺菌作用のあるバジルと混ぜ合わせてみれば、きっとなんとかなる。

トラヴィス様は顎に手を当てる。

「バジルは二区画先の畑にあったな。ワインは――」

「ワインでしたら儂(わし)が持ってきます」

そう言うなり男性は駆けていった。

間もなくして、トラヴィス様の魔法で運ばれてきたバジルがわたしの手元に収まる。

わたしはトラヴィス様にお礼を言って、オレンジとバジルを乳鉢で混ぜた。

現時点では単なるバジル入りのオレンジジュースだけれど、このあと魔法で調合することでがらりと成分が変わる。

壮年の男性がワインを持ってきてくれる。わたしは水属性の魔法を使って、ワインからエタノールだけを抽出した。

わたしは手のひらを胸の高さまで掲げ、エタノールとバジル入りオレンジジュースを宙に浮かべて調合した。

この段階で、目には見えない妖精が手を貸してくれる。原材料に宿っていた妖精たちだ。

『花に永遠の輝きを』と、一心に願いながら彼らに魔力を捧げる。

妖精たちはわたしの魔力と引き換えに願いを叶えてくれる。

宙に浮かんだままの球体が水色の光を発せば、薬液のできあがりだ。

その後も魔法を使い、枯れたバラに薬液を注入していく。

わたしは左手にバラを持ち、右手で球体の薬液を操った。そうしてバラの繊維(せんい)に魔法の薬液を染みこませる。

バジルが殺菌をして、オレンジのエネルギーが活力を与えて花を咲かせてくれるはず。

薬液がすべてなくなるころには、茎と葉は瑞々しい緑色を取り戻した。

それだけでなく枝の先に蕾(つぼみ)が生まれ、動画を早送りするように花弁が開いた。

壮年の男性が「おおっ！」と叫ぶ。わたしはほっと息をついた。

「この花には水や光を与えてもこれ以上の成長は見込めませんが、半永久的にいまの姿を保つことができます」

わたしが説明すると、男性は「へへぇ」と感心していた。

「成功してよかった……。ご協力ありがとうございました」

「いやぁ、礼を言うのはこっちだよ。次は枯らさないよう気をつけるが、お嬢さんの魔法があれば万が一のときにも安心だ。本当にありがとう」

男性が満面の笑みを浮かべるので、ほっこりした。

ふとトラヴィス様が気になって彼のほうを見遣る。マリアンフラワーとなったバラに、トラヴィス様は真剣な眼差しを向けていた。

「……美しい」

オレンジ色の花弁に魅入ったようすでトラヴィス様は言葉を足す。

「マリアは儚(はかな)いものに永い命を与えることができるんだね」

藤色の瞳と視線が絡む。慈しみに溢れた優しい双眸から、目が離せなくなった。

「そんな……わたし、は……」

前世の科学知識を応用しただけだから、大きなことはしていない。

「謙遜しないで。このためにずっと励んできたんだろう？　世に誇れる素晴らしい魔法だよ」

「……ありがとう、ございます」

涙声になってしまう。泣いていると思われたくなくて、わたしは下を向いた。

前世の無念を晴らすためにしてきたことだけれど、彼の言葉でいっそう報われた。

「マリア？　すまない、出過ぎたことを言った」

トラヴィス様はわたしが瞳を潤ませていることにすぐ気がつく。

目元にそっと指を添えられた。

それでもわたしは上を向けずに、緩々と首を振りながら「嬉しいんです」とだけ言った。

カーライル公爵家の馬車に乗り、きたときとは違う道を通って王都へ戻る。

わたしはパストン邸へ戻るのではなくカーライル公爵邸へ行くことになった。

カーライル邸に着いたら、事業提携の書面契約をしなくては。

向かいの座席にいるトラヴィス様は従者から次々と書類を渡されて、対応に追われている。

睡眠時間を削ってほしくないという従者の気持ちはよくわかるから、わたしは一切話しかけずに今後の事業について考えていた。

公爵領の大通りは王都だけでなく近隣各国へ向かって伸びており、いずれも道幅は広くきちんと石畳で整備されている。

　これなら流通もばっちり。

　マリアンフラワーを全世界へ出荷するのも夢ではない。

　期待に胸を膨らませていると、デイラ城とは目と鼻の先にあるカーライル公爵邸に到着した。

　白壁が美しいシンメトリーの建物と、公爵領の豊かな自然を思わせる前庭は「素晴らしい」の一言に尽きる。

　庭には用途のわからない装置がいくつか見受けられた。もしかしたらトラヴィス様がクラフトしたものかもしれない。

「あの装置は公爵様がお作りになったものですか？」

　玄関前で馬車を降りるなり、わたしは庭の装置について質問した。

「そうだよ。庭を案内しようか。マリアが歩き疲れていなければ、だけれど」

「まだまだ平気です。ぜひお庭を拝見したいです」

「マリアは体力があるね？」と笑って、自然と手を取られる。

　手を繋いで歩くのがあたりまえになっちゃってる。

　いや、彼は客人をエスコートしてくれているだけだ。

　トラヴィス様はわたしの手を引いて、自作の装置について説明してくれた。

　庭の花々に散水してくれるもの、葉の剪定をしてくれるもの——など、庭師ロボットさながらの装置に感動する。

「公爵様の想像力は無限大ですね！」

興奮して言えば、トラヴィス様は嬉しそうに顔を綻ばせた。

「ところで、パストン伯爵家にあるきみのラボと同じ設備をこの屋敷にも設えようと思う。部屋はどこがいい？　陽当たりのよい南側かな。庭を一望できるほうが、マリアンフラワーを使った雑貨のイメージが湧きやすいかも」

「えっ？　ええっと……」

わたしがここに住む前提で話が進んでない⁉

「あのっ、わたしはパストン伯爵家から通いで公爵様のもとへ参りますので」

「それは……通い妻になるということ？　きみがこの屋敷で快適に暮らせるよう、最大限の努力をするつもりだよ」

「違います、そうではなくて。そもそもわたしは、公爵様の妻にはなれません」

ただのモブだし。

華やかな彼には似つかわしくないと、この数時間で痛感した。月とすっぽんだ。

ところがトラヴィス様は「え……」と呟き、悲痛な面持ちになった。

わたしは慌てて事業提携について言い足す。

「わたしの両親が、公爵様にわたしとの結婚を押しつけたのではございませんか？　どうかお気になさらないでください。わたしとの結婚がなくとも、マリアンフラワーの事業提携はぜひ結ばせていただきます。その契約書を交わすために、このお屋敷に連れてきていただいたのですよね？」

トラヴィス様にとっては思いもしない言葉だったのか、彼はしばらくきょとんとしていた。

彼は目を伏せて、静かに語りだす。

「たしかに、きみとの婚約はパストン伯爵夫妻から勧められたから考えたことだけれど。きみと会って、こうして話をして……これからもマリアと一緒に過ごしてみたいという気持ちが強くなったよ。だから、事業の提携だけでは足りない」

繋いでいた手を組み直された。

指と指を絡め合わせたこの繋ぎ方は、ちょっとやそっと力を入れたくらいでは解けない。

それはまるで「絶対に離さない」と意思表示をされているよう――。

「マリアと話をしていると、安らぐのと同時に楽しい。きみのことを、婚約者としてもっと知りたい。だめかな」

でも、だって……婚約者ってことは……。

彼の恋愛対象になる。

前世でプレイしたイベントのようなことが、この身に起きるということだ。

心臓破裂、あるいは心停止という物騒な想像が脳裏をよぎる。

いままで必死に考えないようにしていたけれど、彼が身につけている黒い手袋にすらえっちさを感じて悶えているほどなのだ。

もしも彼の裸を目にしてしまったら、いったいどうなるのだろう。

うっ――最推しとのえっちなんて、刺激強すぎだから！

妄想しただけで頭の中が沸騰しそうになった。

「マリア？」

しっかりと繋ぎ合わせている手を軽く引っ張られた。同時に彼が一歩、踏みだすので自然と距離が近くなる。

そんな状態で顔を覗き込まれたら、瞬きひとつで全身が熱を持ってしまう。

どうしよう、どうしよう⁉

嬉しいのに――「おまえはモブなんだから断るべきだ」と、だれかが囁いている。

こうなったらもう、保留するしかない。わたしは視線をさまよわせながら言う。

「大変、光栄ではございますが……両親ときちんと話をした上で、またご相談させていただきたいです」

「……わかった。けれど、覚えておいてほしい。たとえパストン伯爵夫妻の気持ちが変わったとしても、私はマリアのそばにいたいと思っているから」

それは、両親が政略結婚の打診をせずとも求婚するという意味だろうか。

熱情を感じさせる言葉に、ドクンッと心臓が跳ねる。

トラヴィス様は繋いでいる手に力を込めたあとで、そっとわたしの左手を解放した。

トラヴィス様と公爵領を巡って数日が経っても、彼のことが頭から離れなかった。

彼とわたしではとても釣り合わないとは思うものの、家格としてはなんとか釣り合いが取れているし、事業のこともある。両親は「カーライル公爵様と結婚しなさい」の一点張りだ。

でも本当にいいのかな。わたし……明日死なないよね？

幸せの絶頂から突き落とされるのではないかと、かえって不安になった。

そんなとき、トラヴィス様から手紙が届いた。

薄水色の封筒の隅にはブルーベリーのイラストが描かれている。ブルーベリーの花言葉はたしか——『実りある人生』。それから『知性』だ。『信頼』という意味もあったと思う。

手紙には先日のお礼と、あちこち引っ張りまわしてしまって疲れていないかと心配する言葉が綴られていた。

『また会いたい。次はどこへ出かけようか——』

率直で、心が弾むような結びの言葉だった。わたしもまた、もう一度会いたい気持ちが強くなる。

どうしよう、すっごく嬉しい。

また会える日が、とてつもなく楽しみになってくる。

……って、事業の視察も兼ねてるんだろうし。しっかりしなくちゃ。

そう思うことで、果てしなく浮かれてしまいそうになるのを戒めた。

そしてまた数日後の、とある休日。

わたしは緊張しきりでパストン伯爵家の門前にいた。

馬の蹄が聞こえてくるなり緊張感が高まる。

音がするほうを見れば、白馬に乗ったトラヴィス様がいた。

眼福……！

手を合わせて拝みたくなるほど、白馬に乗った彼は美麗だった。

黒い乗馬服が彼に似合いすぎて、つい何度も見まわしてしまった。わたしの目、血走ってないよねと心配になりつつ、挨拶をしていないことに気がついて慌てる。

「おはようございます、公爵様！　本日も、どうぞよろしくお願いいたします」

トラヴィス様は軽やかに白馬から降り、どこか意味ありげに笑う。

「うん、おはよう。今日は事業の視察ではなく、ただのデートだよ」

これは事業視察も兼ねていると考えていたわたしの心情を見透かしたような発言だ。

わたしはなにも言えずに口を噤む。

ただの、デート――だから、果てしなく浮かれてもいいということ。

嬉しいのと同時に、胸の奥がくすぐったくなる。

「馬に乗ったことはある？」

「いいえ……初めてです」

「そう――ではゆっくりと走らせるよ。初めてなら、私の前に乗ったほうがいいね」

彼は馬の鞍を設置しなおす。どこからともなく巻き起こった風に誘われて、わたしは彼と一緒に白馬へ腰を下ろした。

「絶対に落馬しないから安心して」

先ほどのように彼が魔法で風を操ってわたしの体を浮かべればたしかに、落馬することは絶対にない。

けど、それならこんなにしっかり抱き込まなくてもいいような？

これではドキドキが止まらない。

トラヴィス様はわたしの体を抱き込むようにして手綱を取り、走りだした。

「落馬はしないけれど、密着しているほうがマリアは安心するだろうと思って」

わたしはぎょっとする。トラヴィス様ってもしかして、人の心が読める？

「私は人の心なんて読めないよ？　マリアがわかりやすいだけ」

「ええっ！　わたしってそんなにわかりやすいですか？」

馬に横乗りしているわたしを、トラヴィス様がそっと見おろす。

「やっと笑ってくれた。緊張しなくてもいいのに……かわいいな」

緊張してるってバレバレだったの?

恥ずかしくなって俯く。きっと彼には、恥ずかしがっているのもお見通しなのだろう。トラヴィス様は「はは」と軽快に笑っている。

「登りだから、少し速度を上げようかな」

そうして白馬はどんどん丘を登っていく。馬の揺れに慣れれば、多少スピードが出ても怖くはなかった。

丘を登りきった先には、カーライル公爵邸に似た造りの白い塔がそびえ立っていた。

トラヴィス様は先にわたしを地面へ下ろし、馬の手綱を塔の柱に繋いだ。

「螺旋階段を上れる? お尻が痛くなってしまったのなら、私が抱きかかえてあげる」

彼は満面の笑みを浮かべ、とても楽しそうにしている。いっぽうわたしは、彼に抱え上げられているところを想像して恥ずかしくなりながら「自分で上れます!」と答えた。

「そう……きみと、もっとくっついていたかったな」

くいっと手を引かれ、足並みを揃えて螺旋階段を上りはじめる。

トラヴィス様って、こんなに冗談を言う人だったんだ。

今日は事業の視察じゃなくて、プライベートだからかな。

なんにしても、知らなかったことだ。ドキロマのイメージとは違うけれど、そういうトラヴィス様も素敵で、きゅんとくる。

心拍が上がる。階段を上っているせいでそうなっているのか、ときおり彼がこちらを向いて嬉しそうにほほえむからそうなのか、わからなかった。

太陽は頭よりも高い位置にまで昇っていた。

塔の最上階からカーライル領を眺める。トラヴィス様と一緒にいると、最も美しいと思う景色がどんどん塗り替えられていく。

陽光が花々と緑を照らし、爽風（そうふう）が甘やかな香りを運んでくる。

わたしはしばらく目を奪われていた。

ふと気がつけば、トラヴィス様の右手にリボンが握られていた。赤いリボンを軽く握ったまま、彼は微笑して右手を動かしはじめる。

風に乗り、色とりどりの花がトラヴィス様の手元へ集まってくる。

階下からひとりでに昇りつめてくる花を、わたしは子どものようにひたすら目で追った。

それはこの世のものとは思えないほど幻想的で、ロマンティックな光景だった。

花が束になるほど集まると、彼は茎の部分をリボンで括った。そしてその花束を、差しだされる。

「どうか、私の婚約者に」

ぽかんと口を開け、呆然とする。感動しすぎて、口に力が入らない。

これだけの大きな花束を貰うのなんて、もちろん初めてだ。

おずおずと両手を前へ出して受け取る。それまでよりももっといい香りに包まれ、なにもかもが華やぐ。夢のようだ。

「マリア?」

「は、はいっ……」

呼びかけられたので返事をした。そのあとで、彼から言われたことを思いだす。

「ありがとう、婚約者になってくれるんだね」

トラヴィス様は破顔して、わたしの肩に両手を載せた。

「いえ、いまのは……ええと」

わたしがトラヴィス様の婚約者に――って、ほんとのほんとに、いいのかな。

戸惑いはあるものの、やっぱり嬉しいものは嬉しい。前世からの最推しである彼のそばに、ずっといられるのだ。

わたしは緩みきった口をなんとか動かして、小さな声で「はい」と言った。

トラヴィス様は笑みを浮かべたままわたしを見つめていた。

視線を合わせていることができなくなって花束のほうを向く。彼には両肩をそっと掴まれたままだ。

心臓、うるさい……!

ドッドッドッドッと、胸が大きく脈打っている。

「あの、公爵様……」

「婚約者に、その呼び方はひどいのではない？」

冗談めかした声音だったけれど、からかっているふうではない。

肩にあった彼の右手が頬へ伸びてきて、やんわりと上を向かされる。

それでもわたしは視線をさまよわせたままだった。

「ねえ……マリア。私の名前を知っている？」

そんなの――この世界に生まれる前から、知ってる。

前世でも何度だって呼んだことがあるし、いまも心の中では名前を口にしている。

けどわたしも、名前を呼んでもらえたとき嬉しかった。

生を受けるのと同時に与えられる、たったひとつのもの――。

つい情緒的になってしまったわたしだったけれど、意を決して大きく息を吸う。

「トラヴィス……様」

塔の最上階に吹きすさぶ風の音に搔き消されそうなほど小さな声になってしまった。

トラヴィス様の耳に、届いた？

ちらりと彼のようすを窺う。トラヴィス様がなにも言わなくても、彼の表情を見ればわかった。目にしているだけで身も心も蕩（とろ）けるような、極上のほほえみを湛えている。

ドキドキしすぎて、彼のことを見ていられなくなる。

わたしが目を伏せると、黒い前髪を左右に退けられ、額を露わにされた。

そこへ彼の唇が当たる。そっと額に触れるだけの、柔らかなキス。

ぶわあっ……と、異常なまでの熱が耳まで立ち上ってくる。ますます胸の鼓動が速くなる。

唇にキスされたわけじゃないのに！

わたしは目を伏せたまま黙り込む。走ってもいないのに息が弾む。興奮しすぎだ。

「肌が……すごく、柔らかくて滑らかだ」

追い打ちをかけないでほしい。ますます全身が火照って、どうしようもなくなる。

「もっと触れていい？　唇で……きみの肌に」

「いい」とも「だめ」とも言えずに、わたしはうろたえるばかりだ。

「……かわいい」

掠れ声が降ってくる。彼がどんな表情をしているのか確かめたいのに、できない。トラヴィス様の顔がすぐそばにあるせいで、見えない。

トラヴィス様はわたしのこめかみや頬にくちづけを落としていく。くらくらする。

わたしは柔らかな唇の感触に耐えきれなくなって目を瞑る。

せめて彼のことを視界に入れなければいいと思った。

ところがそうして瞼を閉じても、胸の高鳴りと全身の火照りはまったく収まらなかった。

第二章　催淫作用を付けちゃってごめんなさい

はじめはマリアンフラワーが目当てだった。それは否定しない。

パストン伯爵夫妻から婚約を打診されたのも、想定内のことだった。

ただ実際にマリアと会ってみて、どこか不思議で謙虚(けんきょ)な彼女に引き込まれた。

花を愛する彼女とは話も合う。それに馬車内では書類仕事をすることも許された。

マリアはいい意味で、変わっている。

彼女は目先のことに囚(とら)われず——どこか達観した——ものの見方をする。

枯れたバラに命を吹き込んだ彼女は創世の女神に見えた。

マリアとの婚約が正式に決まって、私は大いに浮かれた。

それでつい、執務の合間に従者を呼び止めたのだ。

「きみ。水車小屋ではマリアとなにを話していたのか、いい加減に教えてほしい」

執務室の壁際に控えていた従者は、にこっと笑って「たわいもないことでございます」と答えた。

「前もそうやってはぐらかしただろう」

私は右手に持っていた羽根ペンをくるりと一回転させる。

あのときマリアは言葉を濁して、多くを語らなかった。

従者なりにマリアのことを気遣って、内容を話さないのだろうとわかってはいる。

「ふだんはどんなご令嬢がなにを話していてもまったく気にされませんのに」

中年の従者がおかしそうに言うものだから、少し腹が立つ。

「私の婚約者なのだから、きみとばかり仲良くなられては困る」

「なんと、私のような者にまで嫉妬なさるとは――」

従者は声を抑えて笑っている。

このとおり一筋縄ではいかない私の従者と、わずかな時間で打ち解けたのは彼女が初めてだった。

未来の妻が従者と仲良くなるのはよいことだ。そう思うのに、もやもやとした気持ちに苛まれる。

私ばかりがマリアを求めている気がする。

婚約に際して、身分においてはなんの問題もないというのに、マリアはひどくためらっているようだった。

いったいなにが、彼女を躊躇させていたのか。

ひとりで考えても答えが出ない。だから、もっとマリアを知る必要がある。

いや。単純に私が、彼女のことをもっと知りたいだけ、か──。

＊＊＊

柔らかな唇が何度も額や頬を掠める。「気持ちいいからもっと」と言ってしまいそうになり、わたしは慌てて自分の口を押さえた。

「……んっ⁉」

ぱちっと目を開ければ、見慣れた折り上げ天井。

いまのいままで、トラヴィス様から顔じゅうにくちづけられる夢を見ていた。

あれって、もしかしてわたしの妄想だった？

むくりと起き上がり呆然としていると、いつものように部屋の扉がノックされた。

「マリアお嬢様、おめでとうございます！」

メイドが満面の笑みで寝室に入ってくる。

「なにが……？」とわたしがとぼければ、メイドは「カーライル公爵様と正式にご婚約なさったのでしょう⁉」と、興奮した面持ちで言った。

そうだ……夢でも妄想でもない。

「婚約者に」と乞われ、額や頬にくちづけられた。

屋敷に戻ったあとは両親を交え、今後について具体的な話をしたのだった。

支度を済ませて食堂へ行く。すでに両親が揃って席についていた。

「これからは本当に忙しくなりますよ、マリア」

「そうですね……お母様」

「これからはきちんと社交に励むのだ、マリア」

「そうですね……お父様」

わたしが棒読みで返事をしても、両親は『娘がカーライル公爵と婚約した』ことで浮かれきっているのか、まったく気にならないようすで満足げに頷いている。

わたしは視線を前へ戻して朝食を食べすすめる。窓ガラスに映っているのは、相も変わらずな自分の姿だ。

うん、今日も安定のモブっぷり。

そんなわたしが、あのトラヴィス様の婚約者になれた。

彼には、チェルシーのようにだれもが羨む華やかなヒロインがお似合いだと思うのに、トラヴィス様の隣に違うだれかが寄り添っているのを想像すると胸がズキズキと軋む。

ああーっ、もう!

ひとりであれこれと考えて不安がるのは建設的ではない。

わたしは焼きトマトをナイフで切り分けて口へ運ぶ。バターソースがかけられているおかげか酸味が緩和され、まろやかだ。

そう……まろやかに、柔軟(じゅうなん)に。いまできることを考えなくちゃ。

まずは一ヶ月後に控えている婚約発表の舞踏会へ向けて準備を進めよう。

食事を終えたわたしは、舞踏会のお土産(みやげ)にするマリアンフラワーの雑貨を考案すべく意気揚々と食堂を出た。

ところがお母様に「マリア」と呼び止められる。

「今日は一日、ダンスのレッスンをなさい。講師を呼んでおきましたから」

わたしは顔が引きつるのを感じながらお母様を振り返った。

「お言葉ですがお母様、基本のステップはできておりますよ?」

「基本のステップしかできていないではありませんか。それではいけません。あなたには実際の経験がないのですから、よく練習しておかなければ……。婚約発表の舞踏会で、公爵様の恥になってしまいますよ」

お母様が正論をぶつけてくるので、ぐうの音も出なかった。

でもたしかに、ただでさえトラヴィス様に釣り合ってないんだもん。

せめて上手に踊れるようになっていなければ、トラヴィス様が後ろ指をさされることになる。

彼の足を引っ張りたくない一心で、わたしはダンスホールへ行った。

間もなくしてやってきた講師とダンスレッスンに励む。

途中で何度も休憩を挟んだものの、あっというまに夕方となってしまった。

「カーライル公爵様がお見えになりました」

ダンスホールにやってきた執事が声高に言った。

入り口のほうを振り向けば、そこには群青（ぐんじょう）色の執務服に身を包んだトラヴィス様がいた。

わたしと講師が寄り添っているのを目にするなり、トラヴィス様はピタッと足を止める。

「あ……トラヴィス様。ごきげんよう。どうなさったのですか？」

「所用でこの近くにきたから、きみの顔を見にきた。……そういうマリアは？」

「わたしはこのとおり、ダンスレッスンに励んでいました。先生には朝からずっと、手ほどきをしていただいております」

「朝からずっと――」

唇には弧を描いたまま、トラヴィス様はアメジストの瞳をすうっと――どこか刺々しく――細くする。

「ではここからは私が代わろう。きみはもう下がっていい。パストン伯爵にも話をつけておくから」

ダンスレッスンの講師は戸惑いながらもその場を辞した。

トラヴィス様、なんか不機嫌？

ほほえんではいるものの、どことなく冷たい口調だ。

「トラヴィス様のご用事は、よろしいのですか？」

「もう済んだ。私がレッスン相手では嫌？」

「まさか、とんでもないことでございます。ですが、その……なにか、怒っていらっしゃいますか？」

トラヴィス様は虚を衝かれたように目を見開く。それから唇を引き結び、無言でわたしの腰を抱いた。

急に距離が近くなったせいでどぎまぎしてしまう。

トラヴィス様の匂いがする。すごくいい香り……って、だめだめ！

また変態的な思考に陥るところだった。

なにか彼の機嫌を損ねるようなことをしてしまったのだろうかと逡巡する。

けれど、どれだけ考えても思い当たる節がなかった。

わたしはおずおずと上を向き、彼の表情を探る。トラヴィス様はどこか切なげに、小さく眉根を寄せていた。

「……ダンスのレッスンは、私とだけにしてほしい」

「えっ……」

外部の講師には任せられないほど、わたしのダンスがひどいってこと⁉

講師と練習しているところを、ホールの窓から見られたのかもしれない。

こんなことなら、せめて前世で社交ダンスに励んでいればよかったと、途方もない後悔をしつつわたしは震え声で「承知いたしました」と答えた。

表情筋が死にかけているわたしをよそに、トラヴィス様は急に機嫌がよくなる。

「そうだな――予定を早めて、明日にでも公爵邸へ移ってきてはどう？　そうすれば、時間を見つけて練習できる」

トラヴィス様は軽快にステップを踏んでいて、楽しそうだ。

わたしのほうは、そうはいかない。必死に足を動かし、公爵邸への引っ越しについて考える。

デイラ国では婚約発表後に居所を移すのが慣例だけれど、彼にダンスレッスンをしてもらうとなれば、一緒に住んでいるほうがなにかと都合がいいはずだ。

「トラヴィス様のご迷惑にならないのでしたら、ぜひ」

「迷惑になんて、なるわけないよ……。ずっとだって離したくないくらいだ」

それまでよりももっと強く腰を抱かれてトラヴィス様と密着する。胸がドキリと音を立てた。

彼は頭を低くして、わたしの耳元で言う。

「じつはもう公爵邸にきみの部屋を調(ととの)えてある。パストン家とそう変わらない環境でマリアンフラワーのさらなる開発に励むことができるはずだよ」

内緒話をするときのような、密やかで甘い声だった。あらぬ箇所がぞくぞくっと疼く。

レッスン中なんだから！

おかしな反応をしている場合ではない。

彼はごく真面目に、練習に付き合ってくれているのだ。

しっかりしなければと自分に言い聞かせつつ「ありがとうございます」と礼を述べ、わたしは真剣にステップを踏んだ。

ふたりきりのダンスレッスンを終えたあと、トラヴィス様はすぐ両親に話をつけた。

両親は、わたしの花嫁修業をカーライル家に丸投げすることに抵抗があったようだったけれど、トラヴィス様が「もう片時もマリアと離れたくない」と言うので折れた格好だ。

そこまでしてわたしにダンスレッスンをしてくれるなんて……トラヴィス様っていい人すぎる。

いや、彼の厚意を無駄にしないため、何事にも全力で励まなければならない。

翌朝早く、わたしはカーライル公爵邸へ移った。

急な引っ越しだったので、ほとんど身ひとつで公爵家へ行った。

嫁入り道具についてもトラヴィス様が「マリアのために私がすべて揃える」と申し出た。彼には頭が上がらない。

わたしの私室は南側の、陽当たりのよい場所に設えられていた。以前、彼が言っていたとおりカーライル邸の美しい庭を一望できる。

わたしはさっそく私室のバルコニーに立ち、花と緑に溢れた庭を何度も見渡していた。その隣にトラヴィス様がそっと寄り添う。

「足りないものがあればすぐに揃えるから。遠慮なく言って？」

「もう充分すぎるほど調えていただきました。本当にありがとうございます」

精いっぱい謝意を込めて言った。

にこにこしているわたしを、トラヴィス様はしばらく見つめていた。

「マリア、ダンスのレッスンをしよう」

急に腰を抱かれ、手を取られて彼との距離が近くなる。

「いっ、いまから、ここで……ですか？」

「うん……だめだった？　居所を移したばかりで疲れているかな」

「いいえ、疲れてなどおりません！　よろしくお願いいたします、トラヴィス様」

パストン邸から、ほんの少しのあいだ馬車に乗ってカーライル邸へきただけだ。体力は有り余っている。

わたしが、ダンスの覚えが悪いから特訓してくれるんだ。

彼と密着するのにはまだ慣れないけれど、よけいなことは考えず、ダンスに集中しよう。

繋がれている大きな手をしっかりと握り返して意気込む。トラヴィス様は微笑して「ワン、ツー、スリー……」と、リズムを取ってくれる。

トラヴィス様にリードされてくるりとターンすれば、庭の花々が甘く香った。朝の陽光が彼の顔をいっそう輝かせる。ダンスホールで踊るよりも開放的だ。

「こうしてバルコニーで踊るのも、なかなか気持ちがいいね」

いましがたわたしが考えていたのと同じことを彼が言うので、おかしくなってしまう。

わたしは「はい」と頷く。そうして身も心も弾んでいくのを、肌で感じるのだった。


カーライル邸に移って以来、時間を見つけてはトラヴィス様とダンスレッスンに励んだ。

彼が執務や城での用事で不在のときは、公爵夫人に必要とされるマナーレッスンを受け、夜にはマリアンフラワーの薬液調合をするという毎日を送っていた。

一ヶ月が経ち、満を持して婚約発表の舞踏会を迎える。

わたしはドレッシングルームにいた。大鏡の前で立ち尽くす。

薔薇色の赤いドレスの胸元は薄桃色のレースで覆われていた。アカンサスの地模様が入れられた生地には同色の柔らかな薄布が重ねられ、少しでも体を動かせば軽やかに翻る。

頭には、ピンクパールがいくつも連なった花飾りがついている。そのおかげで黒い髪にも華が添えられている。

カーライル家の優秀なメイドたちが汗ばみながらドレスを着付け、髪を結い上げ、化粧を施してくれたおかげで、ヒロインのような姿になっている。

わたしは大きく息を吸い込んだ。トラヴィス様から贈られたこのドレスを台無しにしないよう――ドレスの美しさを損なわせないよう――いつにもまして姿勢に気をつける。

ドレッシングルームをあとにすると、廊下の先にトラヴィス様の姿が見えた。

彼は長い足で早歩きをして近づいてくる。それからわたしを見て、しばし固まっていた。

「ふだんのきみはかわいらしい印象のほうが強いけれど、いまは……もっときれいだ」

わたしに聞かせる気があるのかないのかわからない、小さな声で彼が呟いた。

「あ、ありがとう……ございます」

わたしのほっぺ、ドレスと同じ色になってるだろうな。

きれいだと褒められただけでも舞い上がってしまうのに、盛装したトラヴィス様が眩しすぎて、よけいにそうだ。

黒地のジュストコールの襟や袖には重厚で精緻な金細工が施され、クラヴァットの留め具にはわたしのドレスと同色の留め具が使われていた。

彼の金髪や紫眼とあいまって、すべてが煌めいている。

「あの……トラヴィス様は、いつもどおり素敵です」

写真は撮れないから目に焼きつけたいのに、真正面から凝視していたのでは目が合ってしまうからそうはできずに、ちらちらと盗み見るばかりだ。

「いつもどおり?」

おかしそうに彼が笑う。

失礼な言い方だった？

彼は盛装しているにも拘わらず、代わり映えしないと伝わってしまったかもしれない。

「いつも、どんなときも――トラヴィス様はすごく素敵だと、思っております」

取り繕うように言えば、トラヴィス様はどこかはにかんだように目を細めて口の端を上げた。

「行こう、マリア」

彼の肘に手を添え、あらためて背筋を正したものの、わたしの動きは硬い。

歩きだすと、急に緊張感が張り詰めた。

そのことに気がついたらしいトラヴィス様が足を止め、わたしに向かってウィンクをした。

「やっときみを私のフィアンセとして見せびらかすことができる」

そんなふうに言われると、緊張感よりも気恥ずかしさのほうが大きくなる。

わたしの緊張を解そうとしてくださってる？

ふたたび歩きだす。歩調は先ほどよりも緩やかだ。

「なにも怖くはないよ。私が……ずっとマリアのそばにいる。きみと離れたくないから」

胸をきゅうっと締めつけられる。彼は人を喜ばせて安心させる天才なのではないかと思う。

ダンスホールへ続く廊下をふたりで歩き、大舞台へ辿りつく。

大きな扉が左右に開き、巨大なシャンデリアが目に飛び込んできた。

光の中を進んでホールへ入るなり開幕のダンスを踊ることになる。

軽やかで楽しげなワルツの旋律に合わせて、わたしとトラヴィス様は息ぴったりのダンスを披露する。

毎日何時間も彼と踊る練習をしていたおかげで、少しもまごつくことなくステップを刻み、踊りきることができた。

ワルツの一曲が終わると、集っていたゲストたちから割れんばかりの拍手を貰った。

踊り終わったあとはふたりで挨拶まわりをする。

これまで社交の場にほとんど顔を出さなかったわたしだから、実質的には今夜が社交界デビューのようなものだ。

「マリア様は社交を犠牲にしてマリアンフラワーの研究と開発に励んでこられたのでしょう？なかなかできることではない。素晴らしいですね」

壮年の貴族男性にそう声をかけられたわたしは「ありがとうございます」と礼を述べた。

両親が社交界で上手く立ちまわってくれていたおかげか、あるいはトラヴィス様が隣にいてくれるからか、皆が友好的だった。

そう――この三人を除いて。

「まさかカーライル公爵様がこんな深窓のご令嬢とご婚約なさるだなんて……わたくし、思ってもみませんでしたわ……！」

金髪に淡褐色の瞳、パッションピンクのドレスを着た若い令嬢が、いまにも泣きそうな顔で言った。

わたしは、嫌な顔をしないようにするので精いっぱいだ。

出たっ……悪役令嬢!

アトリー侯爵令嬢ジェナ様は、トラヴィス様ルートに登場する悪役だ。

彼女の父アトリー侯爵と、ジェナ様の幼なじみであるマクレイ伯爵令息ベン様も、皆が揃ってわたしの前に立っている。絵に描いたような登場の仕方だ。

彼らが出てきたってことは……まさか、トラヴィス様ルートが始まってる?

いや、そうとは限らない。

ドキロマのシナリオに関係なく、もとからいる登場人物は、プログラムを消すのと違って簡単には消えない。彼らは単純に『嫌味な人』として登場したに過ぎない――と、思いたい。

わたしがそんなことを考えていると、ジェナ様は口元に手を当て、いっそう瞳を潤ませてトラヴィス様に訴えかけはじめた。

「強力な氷魔法を扱えるわたくしこそカーライル公爵様のお眼鏡にかなうと思っておりましたのに……このたびはとても残念でございます」

「そう。私はもともと眼鏡をかけていないから、かなうもなにもないよ」と、トラヴィス様は軽い口調でとぼけた。

まさかそんな切り返しをされるとは思っていなかったのか、ジェナ様は不満そうに唇を引き結んでいる。

「いや、じつは私も心底驚いております。私からも再三、娘と会っていただくようお願いしておりましたのに。急なご婚約でございましたから、なにかのっぴきならない理由がございましたのでしょう？」

アトリー侯爵が、ジェナ様と同じ淡褐色の目を細めた。アトリー侯爵は「なにか重大な理由がなければ、こんなモブ令嬢とは婚約しないだろ」と言いたいらしい。

「ええ。生涯を共にするのはマリアでなくては考えられない。彼女がだれかのものになる前に婚約した」

トラヴィス様はジェナ様に言葉を返したときと同じくにこやかで、どことなく挑発的だ。

いっぽうアトリー侯爵は、ジェナ様とまったく同じ顔で悔しそうにしている。

ジェナ様はふたたび「残念ですわ」と呟き、悲壮感を漂わせていた。そのあとは、だれかがそばを通るたびドレスの裾を気にしていた。

ジェナ様は自分のドレスが汚れていないか確認しているのだろう。彼女は『高飛車で潔癖症』という設定だったのだけれど、まさしくそのとおりだ。再現率が高い。

そういえば、伯爵令息のベンはヒロインに一目惚れするっていう設定だったっけ。

先ほどから無言を貫いているベン様のほうを見ると、ばっちり目が合った。

ベン様は頬を赤く染めてわたしを見つめている。

あー、うん。彼——きっと暑いんだ。

ベン様の視線に気がついたらしいトラヴィス様が、わたしの肩をぎゅっと抱き寄せた。

「マリアからゲストの皆へ贈り物があるから、ぜひお手に取っていただきたい。それでは失礼」

トラヴィス様に肩を抱かれたままホールを出る。

「もうよろしいのでしょうか？」

トラヴィス様はわたしの私室があるほうへ向かってどんどん歩く。

「ああ。開幕のダンスは踊ったし、ゲストへの挨拶も済んだ」

そうして私室に着くなり、トラヴィス様はわたしを壁際に囲い込んだ。

まっすぐに見おろされるものだから、つい視線を逸らす。

俯くわたしの頬を、トラヴィス様はそっと撫でた。

「すまない、マリア。さっきは嫌な思いをさせたね」

「いいえ……平気です。わかっていたことですから」

あの三人が嫌味な悪役だということは前世で知っていたから、どうということはない。

「わかっていた？　どうして——」

疑念に満ちた声が降ってくる。

しまった、どうしよう。ごまかさなくちゃ。

わたしは彼の胸に視線を据えたまま答える。

「その……トラヴィス様は社交界でとても人気がありますから、あのように残念がる方々がいらっしゃるのは、重々承知しております」

「そうかな……。それにしてもマクレイ伯爵令息は、きみのことを見つめすぎだ」

「わたしがあまり社交界に顔を出さないものだから、珍しかったのではないでしょうか」

「だが彼の頬は赤くなっていた。まるできみに一目惚れしたように」

「いいえ、まさか。ホールにはたくさんのゲストが集っていましたから、熱気にあてられてしまったのでしょう」

トラヴィス様はまだ不服そうだった。これは話題を変えたほうがいい。

「わたしが作ったお土産、皆さん気に入ってくださるとよいのですが」

「気に入るどころか大流行するに違いない」

トラヴィス様はわたしを壁に囲い込むのをやめ、棚に置いていたお土産のサンプルを手に取った。

それはボール状のマリアンフラワー。花嫁のブーケに似せてリボンでアレンジした。

三百六十度、どこから見ても花が咲いているように見える。

カーライル領のどこまでも続く花畑を見て以来、ずっと作ってみたかった一品だ。

婚約発表のお土産としてはなかなか縁起がいいのではないかと自負している。

わたしはずっとブーケを見つめていた。しだいにブーケが上昇していく。トラヴィス様はどういうわけか、ブーケを自分の目の下まで持っていった。

「……やっとこっちを見てくれた」

甘い香りを放つ花とトラヴィス様の組み合わせは反則的に麗しい。

わたしは瞬時に顔を背（そむ）ける。

「マリアは、あまり私と目を合わせてくれないよね」

沈んだ声が聞こえてきて焦るものの、やっぱり彼の目を見ることができない。

「きみのことも、この花のようにしてしまいたいくらいだ。どこから見ても目が合うように。いついかなるときも私のほうを向いてくれるように――」

両頬を手で覆われ、固定された。それから「どうして目を合わせてくれないの」と、なおも追及される。

紫色の美しい瞳に、真っ赤になったわたしの顔が映っていた。

いつのまにか、視線を逸らせないくらい近くに彼の顔がある。

わたしはたまらなくなって一息に言う。

「トラヴィス様がかっこいいからドキドキしすぎて、心臓が壊れそうになるからです！」

するとトラヴィス様は、アメジストの双眸を大きく見開いてきょとんとしていた。

「では……早く慣れてもらわなければ、困るな」

どこか恍惚とした顔でそう言うなり、トラヴィス様は「慣れるため、一緒に眠ろう」と提案してくる。

なにがどうしてそうなるの⁉

ベッドを共にするのは本来、挙式が終わってからだ。

長い時間、彼といたい気持ちはあるものの、もし一晩を一緒に過ごしてしまったら、ひたすら彼のことを見ていたくなるだろう。

はぁはぁと変態的な息遣いをして彼を見ている自分が、容易に想像できた。

「きみの部屋に私を泊めて？」

そんなふうに甘い声でねだらないでほしい。つい頷いてしまった。

じゃなくて、断らなきゃ！

ところがトラヴィス様はこちらがなにか言う前にジュストコールを脱いだ。その勢いのままわたしのドレスも脱がせようとする。

「なななっ、なにを⁉」

動揺しすぎてうまく喋れない。

「ベッドで見つめ合って眠れば慣れるはずだから……ね？」

そんなふうに首を傾げないでほしい。つい「そうですね」と相槌を打ってしまった。

じゃなくて、だめでしょ！

「あの、わたし……トラヴィス様を変な目で見てしまうかもしれないので、だめなんです。それに心臓がもう、ドッキドキで……！」

「変な目？　いいよ、マリアにならどんなふうに見られてもいい」

トラヴィス様は間髪入れずに言い足す。

「ドレスを脱ぐのは嫌？　それならこのままでもいい」

「ひゃっ……！　あ、あの……っ」

強引に、それでいて優しい手つきでベッドに押し倒される。トラヴィス様は、心ここにあらずというような顔で見つめてくる。

わたしは仰向けに寝転がったまま、少しも動けなかった。

「ドキドキする、ということは……私のことを意識してくれていると思っていいのかな」

先ほどからずっと心臓はドッドッドッドッと、これまで生きてきたふたつの世界でも経験したことがないほど連続して高鳴っていた。

嘘がつけなくて首を縦に振れば、トラヴィス様は嬉しそうに笑う。

彼はわたしの体を跨いで膝立ちになっていた。そっと左手を取られ、引っ張られる。

「マリアの近くにいるといつも……心臓がこんなふうになる」

彼の胸にあてがった左手から鼓動が伝わってくる。ドレスシャツ越しでも、トラヴィス様の脈が速いことがよくわかった。

「きみに強く惹かれているから、こうなる。マリアも、同じだと……いいな」

左手を解放された。彼が覆い被さってくる。

トラヴィス様はベッドに両腕をつき、わたしの顔を覗き込む。先ほどの言葉どおり「見つめ合って」いる。

「あ、う……っ」

わたしは目を逸らすことも、見つめ続けることもできなくなって瞼を閉ざす。

そこへ、額に柔らかなものが当たる感触がした。誘われるように目を開ける。思ったとおり、彼の唇が額に当たっている。

「～～っ！」

なにも言えずにぱくぱくと口を動かす。

顔だけでなく体じゅうが熱を持つ。くちづけられたところから、全身へと熱が広がっていくようだった。

「マリア……」

低い呼び声に、身も心も揺さぶられる。

唇を避けてキスの雨を降らされたわたしは、彼の柔らかな唇以外のことを考えられなくなるのだった。

馬車に揺られながら、わたしはずっと肩の力を抜けずにいた。

「そんなに体を強張らせていたのでは、休暇にならないね？」

申し訳なさそうに、それでいてどこか楽しげな声が耳のすぐそばで響く。

「でしたら……あの、もう下ろしていただけませんか？」

「だーめ。目を合わせているのが難しいのなら、こうしてくっついているしか慣れる方法はないよ」

わたしは馬車の座席ではなくトラヴィス様の膝に、横向きに座らされていた。

というのも、わたしはどうしても彼の目を見つめ続けることができずに逸らしてしまう。

それで彼に「ではせめて密着していよう」と提案され、いまに至る。

「ですが……そもそも慣れる必要があるのでしょうか？」

「あるよ。きみは私の妻になるのだから」

トラヴィス様は、ハーフアップにされたわたしの黒髪を手でよけてうなじを露わにし、そこへくちづけた。

「ひぁっ!?」

思いがけずおかしな声が出てしまう。彼はくすっと笑った。

「体から力が抜けたね。リラックスできるように、こうしてずっと首にキスしていよう」

「そっ、そんな……いけません、トラヴィス様」

「どうして？　私はね、舞踏会へ向けて様々なレッスンに励んでくれたきみを労いたいんだ。だから……マリア。私の膝の上で存分に寛いで。こうしているほうが馬車の揺れも感じにくいだろう？」

たしかに揺れは少ないけど、寛ぐなんて……絶対できない！

労おうとしてくれる彼の気持ちはありがたいけれど、そわそわして落ち着かない。お尻から彼の温もりが伝わってくるし、広い胸板を意識してドキドキする。

「……っ、う」

それでも、首筋を強く吸われれば全身から力が抜けて、体が蕩けたようになってしまう。

「くたりとしてるマリアも……かわいいな」

ぽそりと呟いて、トラヴィス様はふたたびわたしの首に顔を埋める。彼が大きく息を吸い込むので――匂いを嗅がれている気がして――無性に恥ずかしくなった。

首筋や頬、額へのキスは馬車が停まるまでずっと続いた。

馬車に乗っているあいだは窓の外を見る余裕なんてまったくなかったので、いったいどこに到着したのか、わたしにはわからなかった。

けれど、その場所はよく知っていた。川の水面は眩しいくらいに陽光を反射している。

向こう岸には風車があった。風車の平べったい羽根が、風を受けて絶え間なく回っていた。

そして目の前には、石造りのアーチ橋。とたんに既視感がいっそう強くなる。

やっぱり、ここ……ドキロマのヒロインが攻略対象キャラから告白される場所だ。

アーチ橋の中央で、ヒロインは攻略対象の男性に手を取られ、その甲にキスを落とされる。

そして愛を囁かれるのだ。

「少し歩こう」

トラヴィス様に促されるまま、彼と手を繋いで橋を渡りはじめる。

アーチ橋の中ほどまでくると、彼は足を止めてわたしのほうを向いた。

真剣な眼差しを向けられ、両手を取られる。

いつもなら恥ずかしくて、すぐに彼の目を見ていられなくなるのに、いまはどういうわけか
顔どころか瞳すらもまったく動かせなかった。

「マリア……。きみが好きだ」

その言葉を、素直に受け入れられずにわたしは眉根を寄せた。

もう間違いない。わたし、トラヴィス様ルートのヒロインになってる……！

チェルシーとマヌエルが結婚したことで、ストーリーは終わったと思っていた。

しかし、そうではないのだ。

これから、トラヴィス様ルートが始まる。

喜びと戸惑いが同時に押し寄せてきて混乱を極める。

彼に好意を持ってもらえて嬉しいものの、ヒロインにはめくるめく官能と波乱が待ち受けていることに期待と危機感を覚え、複雑な気持ちになる。

それに、わたしって……トラヴィス様に心から好かれてるの？

彼が愛しているのはヒロインという偶像であって、自分ではないのではないか。ゲームの仕様上、好きだと錯覚しているだけなのではないかと、そんな不安が頭を擡げてくる。

「トラヴィス様！　なにか見えない力に引っ張られている感覚はありませんか？」

わたしが急に口を開いたからか、トラヴィス様は目を丸くした。

「見えない力？」

困惑したようすで彼は首を捻る。

しまった。勢いあまって、急に変なこと訊いちゃった。

「あ……いえ、その……。トラヴィス様はなぜ、わたしをここに連れてこようとお思いになったのでしょうか」

言葉を選んで尋ねると、トラヴィス様は「え」と短く発して、珍しくうろたえていた。

トラヴィス様は口元を片手で押さえ、なにか言うのをためらうように紫眼を右へ左へと動かす。そのようすを、わたしはドキドキしながら見つめていた。

「……この橋で想いを伝えた者は、必ず報われるという伝承があるからだよ」

気恥ずかしそうに彼が言うものだから、よけいにドキッとしてしまう。

わたしはぶんぶんと首を横に振り、深呼吸をした。

「わたしのことを好きだと、なにかに思わされているのでは……ないでしょうか。わたしは、ほかの令嬢と違います。だから物珍しいのでしょう。それで、好きだと……勘違いをしていらっしゃるのです」

前世の記憶があるから、一般的な貴族令嬢とはだいぶん性格が違う。だから彼の興味をそそった。

きっと、ただそれだけ。

自分の中で勝手にそう結論づけて、その結論に打ちのめされる。

もしも前世の記憶がなかったら、彼の告白を素直に受け入れられたのだろうか。

ううん。前世がなければ、いまごろジェナ様のような高飛車な令嬢になっていたかも……。

そうなればやっぱり、彼には愛されない。

黙り込むわたしを、トラヴィス様もまた無言で見おろしていた。

「勘違い……か。そんなふうに思われてしまうようでは、私の努力が足りないね」

思わず彼の顔を仰ぎ見てしまうほど、声音には力強さがあった。

「たしかにきみは、ほかに類を見ないレディだ。真面目で、控えめで……恥ずかしがり屋で。それに私と同じで花が大好きだ」

ごく自然に腰を抱かれる。

「マリアは己のことばかりではなく他者を思いやり、相手の立場になって深く考えてくれる。そんなきみを、私は好きになった」

密着しても抵抗感がないのはダンスレッスンの成果なのか、あるいは馬車でもそうだったからなのか。寄り添っていると安心するのに、心臓は早鐘を打つ。

「ずっとそばにいて、一瞬でも放したくない。どうしようもなく好きなんだ」

わたしの視界が小さく揺らぐ。トラヴィス様はどこか哀しげに笑った。

「私の言葉が疑わしいのなら、信じてもらえるまで愛を囁く。マリア……花に夢中になっているところも、一所懸命にダンスの練習に励んでくれるところも、きみのすべてが愛しくてたまらない」

手の甲にキスを落とされる。ゲームで出てきたのと同じ仕草だけれど、温もりを感じる。そして彼の柔らかな唇の感触も、ありありと伝わってくる。

「画面の向こうじゃ……ない」

わたしが呟けば、トラヴィス様は「ガメン？」と繰り返して首を傾げた。

なにも言えずにいると左手を持ち上げられ、その甲に頬ずりをされた。温かさが沁みてくる。

本当は、彼と出会ったときからわかっていたことだ。

『推し』は画面の中ではなく、現実にいるのだと。

トラヴィス様はきちんと『わたし』を見てくれている。

そしてわたしもまた彼を見て、触っている。

彼の言葉を疑ってしまった、ほんの数分前の自分を殴りたくなった。

「変なことを言って……ごめんなさい、トラヴィス様。わたし……わたし……っ」

彼に好かれていることが嬉しすぎて、信じられなくて、混乱している。

幸せすぎて、これは現実なのだとすぐには受け入れられなかった。けれど、この温かさは本物だ。

彼は充分すぎるほど想いを伝えてくれた。

今度はわたしの番。

涙で視界がぼやけてもなお、必死に紫眼を見据える。

「好き……です、トラヴィス様。ずっと前から、好きでした」

彼は嬉しそうに口を開けたものの、すぐに困惑したような顔になった。

「ずっと前から？」

この世界ではまだ、彼と出会ってそう長くはない。トラヴィス様が疑問に思うのもわかるけれど、訂正はしなかった。前世からの想いを、訂正したくなかった。

気がつけば、大きな手のひらで両頬を覆われていた。

熱を孕(はら)んだアメジストの瞳が、瞬きをするたびに近くなる。

彼が唇を寄せるのが、額でも頬でもないのだとわかって目を閉じる。

脈動が脳天に響くほど胸が鳴っていたものの、拒むような仕草はしない。

嫌だなんて、思わないから。

閉じたはずの瞼が震える。

少しだけ目を開けて、彼がいまどれくらい近くにいるか確かめようとしたとき。

唇と唇が重なった。

ぴくっと睫毛を揺らして、固く瞳を閉ざす。

額や首筋に受けるくちづけとは、すべてが違った。

熱い……！

無意識に息を止めてしまっていた。

トラヴィス様はすぐに唇を離す。ふにゃふにゃになっているわたしの顔を、黒いグローブ越しに摩りながら、彼もまたうっとりと目を細めた。

「……唇に、したかったんだ」

切なげに、感慨深そうにトラヴィス様は眉根を寄せている。

「わたし、も……」

言ってしまったあとで、はしたなさを恥じる。けれど彼は破顔して喜びを露わにしてくれる。

そうしてふたたび唇同士がぴたりと合わさる。

確かめるように、噛みしめるように。角度を変えて、柔らかな唇を何度も与えられた。

「おやすみ、マリア」

今宵もトラヴィス様はわたしの私室にいた。

湯浴みと着替えはお互いに別の部屋で済ませ、ひとつのベッドで眠るというのが、最近のお決まりになっている。

婚約発表の披露目も済んだとはいえ毎夜一緒に過ごすのは、トラヴィス様の両親やカーライル家で働く人々に非常識だと思われないだろうかと心配だったけれど――杞憂だった。

というのも、カントリーハウスに隠居している彼の両親と面会したところ「早く孫の顔が見たいから、挙式を待たずに主寝室で眠ってもよいのでは？」と提案されてしまったのだ。

カーライル家で働く執事やメイドも同じだ。「主寝室のベッドも、いつでもお使いになれる状態でございます」と、事あるごとに「共寝はなんの問題もない」とアピールされる。

わたしは私室のベッドに横たわり、彼に腰を抱かれたまま「おやすみなさい」と返す。

「マリア……」

髪を梳かれ、頬を撫でられ、唇と唇がちゅっと重なる。

眠るときはこうして必ず抱き合ってキスをするものだから、毎晩全身の血が沸騰しそうになっている。

トラヴィス様は、朝にはいなくなっていることが多い。どうやら執務をしている。

「トラヴィス様?　わたしと一緒に眠るために夜の執務を減らしていらっしゃるのではございませんか?」

「どうしてそう思うの?」

「朝にはベッドにいらっしゃらないので、そうなのかと」

彼は目を伏せてわたしの額に自分の額をくっつける。

「朝も私と一緒にいたい?」

「いいえ、そうではありません」

わたしがきっぱりと答えれば、トラヴィス様は「え」と短く発して顔を引きつらせた。

「トラヴィス様の時間をわたしが奪っているのではないかと心配なのです。睡眠は充分でしょうか?　ご無理をなさっていませんか?」

彼の従者が以前、言っていたことだ。トラヴィス様は平気で睡眠時間を削って執務をすると。

トラヴィス様は困ったような顔でわたしの頬をなぞる。

「夜に行っていた執務を朝、しているというだけだから。問題ないよ」

「ですが睡眠時間は、いかがですか?　わたしと一緒では、あまりよくお眠りになれないのでは……?」

「……多少短くはなっているけれど。それはマリアのせいじゃ、ない」

彼の頬は少し赤い。暑いのだろうか。

わたしは引き続き、ちょっと責めるような目でトラヴィス様を見つめてみる。

「私を心配してくれているんだね。ありがとう。きみは本当に優しい」

腰にまわっていた彼の手に力がこもる。もう片方の手で背中を撫で上げられるものだから、おかしな声を上げないようにするので精いっぱいになった。

そんなこんなで眠りに就く。あっというまに夜は過ぎ、瞼の向こうが明るくなった。

陽が昇るころには、彼はもういなくなっている。

わたしは体を起こし、シーツに手を当てる。ほんのりとだけれど、彼の温もりが残っていた。

さざ波のように襲ってくる哀愁には気づかないふりをして、ベッドから出る。

わたしも朝活しよう！

もう眠れそうにないし、せっかく早起きできたのだから、この時間を有効に使わなければもったいない。

トラヴィス様がそばにいなくて寂しいだなんて、思っている場合ではない。

彼に設えてもらった大きな執務机に向かい、マリアンフラワーの薬液調合に精を出す。

以前、トラヴィス様に即興で作ってもらった乳鉢と乳棒をいまでも愛用している。

もとから持っていたものより使いやすいのだ。

それにしても、トラヴィス様はどんな花もお似合いになる。

彼が挙式で身につけるブートニアをマリアンフラワーで作ることになっているのだけれど、トラヴィス様はいかなる花もマッチするので、かえって迷う。

そうして想いを馳せていると、ついベッドでのことを思いだしてしまった。わたしはひとり赤面する。

トラヴィス様に、腰や背中、腕などを撫でまわされることが多くなった。

触れられるたびに甘やかな痺れが走ることを、彼は知っているだろうか。

「ううう……っ」

呻きながら椅子から立ち、棚まで歩いて薬草を取りだす。

んん——初めて使う薬草だけど、すっごくいい香り。

甘く爽やかな香りはトラヴィス様も好むところだ。

わたしは薬草を乳鉢に入れ、彼とともにベッドに入ってからの出来事を振り返りながら乳棒を動かした。


ウェディングドレスって、やっぱり特別。

もうどれくらいの時間、大鏡に映る純白のウェディングドレスを眺めていることだろう。

裾がふんわりと広がったかわいらしいドレスだけれど、胸から首にかけてホルターネックのレースに覆われているおかげで大人っぽさもある。

ヴェールは胸元のレースと共布で、花冠模様が描かれている。

「いつまでも見とれてしまう」

急にすぐそばで低い声が響いたものだから、わたしは「きゃっ⁉」と声を上げた。

いつのまにドレッシングルームへ入ってきたのか、トラヴィス様がすぐそばに立っていた。

わたしが次の言葉を言う前に、ブーケを差しだされる。白い花々は摘みたてなのか、どれも瑞々しい。

「きみがブートニアに使ったのと同じもので花束を作った。受け取ってくれる？」

「はい……！　ありがとうございます」

わたしは両手でブーケを受け取ったあと、目の前にいる彼の全身を見まわした。

純白の衣装に身を包んだトラヴィス様は頭のてっぺんからつま先まで少しの隙もなく、完璧な美貌を誇っていた。

ジャケットの襟と袖にはわたしと揃いの花冠をモチーフにした刺繍が施されている。

編み上げの白いブーツには汚れひとつない。

彼の金髪と紫眼はやっぱり、いついかなるときも美しすぎて、見る者を惹きつけて止まない。

「素敵です……」

「だがまだ不完全だ」

言いながらトラヴィス様は自分の胸元をトントンと軽く叩いた。

「マリアが仕上げをしてくれる？」

暗に「ブートニアをつけて」と乞われたわたしは満面の笑みで大きく頷いた。

そばにいたメイドが「いったんブーケをお預かりしますね」と申し出てくれる。

わたしはいそいそと箱を手に取る。手作りしたブートニアは彼の胸元に飾るまで決して汚れないようにと、箱に入れておいた。

箱の蓋を開け、中のブートニアをそっと取りだす。

花の香りが漂うと、どういうわけか性的な箇所をくすぐられているような気分になった。

わたし、なに考えてんの⁉

いくら彼の盛装が麗しいからといって、えっちな気分になっている場合ではない。

わたしは息を止め、手にしていたブートニアを彼の胸に添えた。

一歩、二歩と下がり、あらためて彼を見る。純白のジャケットには真っ白なブートニアがよく映える。

ふと気がつけば、トラヴィス様の頬は真っ赤になっていた。

「どうなさいました？」

「ん――いや……なんでもないよ。行こうか」

ウェディングドレスの裾を内側から蹴るようにして廊下を歩き、エントランスホールを通って外へ出る。

目の覚めるような青空に、もこもことした真っ白な雲がいくつも浮かんでいた。

ポルトコシェールに停められていた無蓋馬車にふたりで乗り込む。天井のない馬車だから、走りだせば風が心地よく、涼やかだった。

ところが傍らにいる彼の頬は依然として赤い。

「陽射しがきついですか？　傘をさしましょうか」

わたしが提案すると、トラヴィス様はどこか戸惑ったようすで「平気だよ」と答えた。

でも全然「平気」そうには見えない。

「トラヴィス様？　ご体調が優れないのでしたら、挙式は延期しても――」

「延期なんて絶対にしないよ。早くきみと夫婦になりたい。マリアは私だけのものだと、一刻も早く皆に知らしめたいんだ」

真剣な顔で詰め寄られる。彼との距離が近くなったことで、ブートニアの香りが鼻を掠めた。

するとあらぬ箇所が疼いて、トクトクと脈を刻みはじめた。

わっ、わたし、また……！

どうしてこう、淫らな気分になってしまうのだろう。

はしたない自分が恥ずかしくて下を向くと、トラヴィス様は「あ」と発して、身を乗りだすのをやめた。

「……すまない、きみは心配してくれているのにね。けれど、とにかく……なにも問題ないから、安心してほしい」

彼の眼差しは優しい。トラヴィス様が本当に無理をしていないのかまだ心配ではあったけれど、彼の言葉を信じてそれ以上はなにも言わなかった。

無蓋馬車に揺られて到着した教会は、人里から離れているからか静謐で厳か(おごそ)だった。

この教会にはごく限られた親族しか足を運ばないので、本格的な披露目はこのあとの晩餐会で、ということになる。

静寂の中、トラヴィス様と一緒に祭壇の前まで歩く。

挙式はなんの障りもなく順調に進んだ。

「では……誓いのくちづけを」

司祭の言葉に促され、彼と向かい合う。ヴェールを後ろへ退(の)けられた。

トラヴィス様のお顔、やっぱり赤い。でもいまはたぶん、わたしも同じ。

毎晩キスを交わしているのに、自分や彼の両親が参列していると思うとそれだけで落ち着かない。

神へ誓いを立てるための、人前で行うくちづけ。頭ではわかっている。

しかしベッドで、もっと深いくちづけをされたことがあるから、どうしてもそちらのほうを意識してしまう。

トラヴィス様は頬を染めたまま身を屈め、わたしの顎を優しく掴んで上を向かせる。

緊張のせいか瞼が震える。なんとかして視界を閉ざすとすぐに、柔らかな唇が当たった。そしてどれだけ唇を合わせていたのかわからない。

長いような短いような誓いのキスが終わる。

目を開けると、すぐそばに彼の顔があった。まるでひどく欲情しているような、官能的な表情にドキリとする。

いつにもまして熱っぽい視線を向けられている。

「おふたりとも、こちらにお向きなおりください」

司祭の気まずそうな言葉を聞いて、わたしとトラヴィス様はお互いに目を見開く。それぞれ耳まで赤くして祭壇のほうを向いた。

教会をあとにし、カーライル邸へ戻るなり晩餐会となる。

大広間には各所からたくさんのゲストが集まって、わたしたちにお祝いの言葉をくれた。

この晩餐会が、日本で言う披露宴だよね。すっごい規模！

お祝いの言葉に対して「ありがとうございます」と、もう何度口にしたことだろう。最後のほうはお礼を述べるロボットのようになりながらも、無事に晩餐会を終えることができた。

トラヴィス様とふたりで大広間を出る。湯浴みをするべく私室へ向かおうとしていた。

「マリア、話がある」

手を引かれ、主寝室へ連れていかれる。トラヴィス様が予定と違う行動を取るので、執事やメイドたちは混乱していた。

主寝室へ入る直前、トラヴィス様が執事たちに向かって「今日はもう全員、下がっていい」と言った。執事のひとりが「もう湯浴みすらお待ちになれないのですね」と呟いた。するとと皆が納得したようにほほえみ、低頭したあとで去っていった。

トラヴィス様は主寝室に足を踏み入れるなり鍵をかけ、わたしを横向きに抱え上げてベッドへ運ぶ。

すべての動きが性急すぎて、わたしは目を回しそうになった。

ウェディングドレスのまま、ベッドに組み敷かれる。

「トラヴィス様⁉　あの……お顔が、すごく赤いです。やっぱりご体調が優れないのでは？」

挙式や晩餐会でも彼はふだんとようすが違った。いまは息遣いも荒い。

彼は眉間に皺を刻んで、わたしの顔に唇を寄せる。

「ん……っ！」

唇がぐっ、と深く重なる。勢いを保ったまま、彼の舌が口の中に入り込んできた。

ディープキス……！

前にされたときよりも、もっと激しい。

彼の舌は少しも休むことなく口腔を這いまわる。貪り尽くすように歯列を辿られた。

「ふっ……ぅ、ふ……うぅ、んん……っ」

深く絡んでいる舌と舌が、いまにも蕩けだしてしまいそうなほど熱い。

彼の息遣いの荒さがすっかり移って、わたしもまた呼吸がままならなくなる。

深いくちづけを受けながら絶え絶えに吸い込む空気が甘い気がして、よけいにくらくらしてきた。

さんざんわたしの唇を蹂躙したあとでトラヴィス様は先の質問に答える。

「違うよ……。体調は、悪くない。ただ、きみが……欲しくて、欲しくてたまらない。マリアにブートニアをつけてもらったときから……かな。ずっとそうだ」

彼が熱っぽく息をつく。官能的な表情に魅入りながらも、わたしは彼の言葉を繰り返した。

「ブートニアをつけてから……？」

そういえばわたしも、ブートニアの匂いを嗅いだらえっちな気分になったっけ。

わたしは目と口を大きく開く。

「あ、あのっ……ブートニアを拝借（はいしゃく）します」

トラヴィス様の胸元からブートニアを外し、くんくんと匂いを確かめる。とたんに全身がドクンッと跳ね上がった。

瞬く間に体じゅうが熱を持つ。特に足の付け根がひどかった。自分で弄ってしまいたくなるくらい燻っている。

「マリア？　どうしたの」

「……っ！　わたし……その」

わたしは「はぁ、はぁ」と息を荒らげ、もじもじと内股を擦り合わせながらも確信する。

このブートニアには、催淫作用があるんだ。

なぜそんなものを作ってしまったのだろうと疑問が湧くものの、頭の中まで淫らななにかに侵されているのか、考えがまとまらない。

ただひたすら胸の頂や下腹部が熱を持って、どうしようもなく痺れて、じっとしていられなくなる。

トラヴィス様はなおも心配そうに「マリア」と呼びかけてくれる。体がおかしいのだと言いたいのに、言葉が出ない。

無垢なウェディングドレスの内側で、胸の頂と下腹部がじんじんと疼いて主張を強くする。

「うぅっ……」

目を瞑っても、膨れ上がった焦熱をやり過ごすことができなかった。そうして視界を閉ざしたからか、無意識のうちに足の付け根へ右手を伸ばしてしまっていた。

自分がなにをしようとしているのか、わかっているのにわからない。彼にどう思われたとしても、性的な箇所を自分で弄ってしまいたくなる。

ところがわたしの右手は太ももの上でトラヴィス様に制される。左手で掴んでいたブートニアも同じで、彼に取り上げられた。

トラヴィス様はブートニアをベッドのヘッドボードにそっと置き、小さく眉根を寄せてほほえんだ。

「だめだよ、マリア。きみの秘めやかな箇所に初めて触るのは……私だ。きみ自身も、だめ」

甘く咎めてくる声にぞくっとする。

「わたし――その、そんな……つもりは」

……ううん、なかったたって言える？

さっきまでわたし、自分でする気満々だった。

ブートニアの匂いがなくなると、心身が急に落ち着きを取り戻した。

わたし、トラヴィス様の前でなんてことしようとしてたの⁉

わたしはうろたえながらも、心と体を落ち着かせるため深呼吸をした。

第三章　えっちなイベントてんこもりで失神寸前です

今宵はいわゆる『初夜』だから、夫婦の営み（いとなみ）をするのだということはわかっていたものの、自作したブートニアに催淫作用があると確信したわたしは困惑していた。

魔法で作ったものには、作り手の思いや特性が宿るのだと、以前トラヴィス様が言っていた。

トラヴィス様とえっちなことをしたい――というわたしの秘めた欲求が、ブートニアに宿ってしまったに違いない。

「ごめんなさい、トラヴィス様！」

「え」と短く声を上げ、トラヴィス様は紫眼を見開く。

「わたしが作ったブートニアの香りには、その……催淫作用があるようなのです」

ブートニアの匂いを嗅いだ瞬間、自分で弄ってしまいたくなるほど強烈な催淫作用があった。

彼はブートニアの匂いを間近で嗅いだわけではないけれど、胸につけていた。催淫作用のある香りを強制的に、ずっと嗅がされていた状態だ。

それなのに彼は挙式と晩餐会のあいだじゅう、耐えていたのだ。

「ブートニアに催淫作用があるせいで、トラヴィス様にはずっとお辛い思いをさせてしまったかと思います」

するとトラヴィス様は合点したように、ヘッドボードに置いたブートニアを見遣った。

そのあとでわたしに視線を戻す。彼は舐めるようにわたしの全身を見まわし、どこか困ったようにほほえんだ。

「謝らないで。ブートニアがなくても……私はきみに欲情しているよ」

彼の頬は、挙式や晩餐会ほどではないけれど、やっぱり赤く色づいている。

眉根は切なげに寄せられていたものの、それもまた彼の美貌と魅力の一助になる。

どんな表情をしていても彼は麗しく、果てしなく艶めいていた。

わたしがなにも言えないでいると、トラヴィス様は手に嵌めていた白いグローブの端を咥えて引っ張った。

手袋を、外してる。

たったそれだけの所作だというのに煽情的すぎて、眩暈を起こしそうになる。

彼から溢れでるなにかにも、催淫作用があるのではないかと疑ってしまう。

白い手袋を外し、ジャケットを脱ぐと、トラヴィス様はわたしの背に腕をまわした。

ベッドの上で仰向けのまま、抱きしめられるようにして背の編み上げ紐を乱される。

彼が首筋に顔を埋めるので、吐息が当たってくすぐったい。

頬ずりされると、触れている彼の肌がとても滑らかなのを実感する。

「きみの全身に触れてみたくて、もうずっと——たまらなかった」

渇望を抑えたような、苦しげな声だった。

強く求められているのがわかって胸が締めつけられる。

大手を広げて応えたい気持ちと、恥ずかしさゆえにすべてを隠してしまいたい気持ちがせめぎあう。

ううん……わたし、期待してる。

私室で毎晩、キスをして同じベッドで眠っていた。トラヴィス様はくちづけ以外のことを一切してこなかった。

この日を迎えるまで——と、彼も思っていたのだろう。その真摯さが嬉しくも、もどかしかった。

もどかしいって、認めちゃってるよ。

キスだけではもどかしくて、物足りなかった。なんてはしたないんだろう——と、別の羞恥(しゅうち)心も湧き起こる。

気がつけば、背の編み上げ紐がすっかり緩みきっていた。コルセットの締めつけもなくなっている。

トラヴィス様はわたしの首にちゅっとくちづけながら、緩んだコルセットを下へ引っ張った。

コルセットの内側に着ていたシュミーズのボタンもいつのまにか外されていた。

ウェディングドレスはホルターネックになっているので、背の編み上げ紐だけでなく首の後ろで結ばれている紐も解かなければ脱げないのだけれど、彼はいっこうにそうしなかった。

彼は顔を上げると、ホルターネックのレースとカップの部分を一緒くたに中央へ寄せた。

「ひゃっ⁉」

肩紐のないコルセットとシュミーズは下へずらされているから、ドレス生地を真ん中に集められてしまえば、はみだすように乳房が露呈する。

「……きれいだ」

露わになったふたつの膨らみを、トラヴィス様は一心に見つめている。

中途半端にドレスを乱され、乳房を晒す格好になっている。

裸よりも卑猥で恥ずかしい。トラヴィス様はかまわず乳房を鷲掴みにした。

「や、ぅ……ひぁ……っ」

揉みくちゃにされると、彼の温もりがダイレクトに伝わってくる。ふだんは手袋を嵌めていることが多いトラヴィス様だから、いっそう彼の熱を感じる。

胸を揺さぶられるたび、純白の生地に皺が寄っていく。

「あ、あのっ……トラヴィス様……ぁっ……。きちんと、脱いで……から……あぁっ……」

「……うん」

返事をしたものの、彼はなかなか胸を手放してくれない。柔らかさを堪能するように、ずっと両手を動かしている。

「この……ピンク色の部分。かわいいよ、すごく。上を向いてつん、と尖っているからかな」

彼にはきっと悪気がない。そのつもりはないのだとわかっているのに、甘い言葉に快感を煽られる。

「指でつついたら、どんな感触だろう」

いかにも興味津々といった、弾んだ声だった。彼はきっと感触を知らないからそんなふうに呟いたのだろう。

けど、わたしもわかんないよ……！

乳首にしても下半身にしても、服の上から擦るだけで、直に触ったことはなかった。

「マリアは、自分で触ったことある？」

その問いにはすぐ、ぶんぶんと首を振る。トラヴィス様は安堵したように口元を緩めた。

「このかわいらしい蕾を、つついていい？　人差し指で」

言うなり彼はこれ見よがしに人差し指を動かす。

対してわたしは、無防備に胸を晒しているというこの状況だけで余裕がなくなり、とても言葉を発するどころではなかった。

「それとも舌のほうが好みかな」

トラヴィス様が赤い舌を覗かせる。肉厚な舌に乳首を舐められているところを妄想して、目が回りそうになった。

「ねえ、マリア。どっち？　正直に教えて」

「えっ？　ええと……っ、どっちも……？」

わたし、なに言ってるの⁉

いくらなんでも馬鹿正直すぎる発言だ。

わたしは自分の胸を隠すように手のひらをかざして「違うんです！」と言う。

しかし彼は聞き入れてくれない。

「マリアは欲張りだね？」

きらきらした、艶めかしい笑みを浮かべてトラヴィス様はわたしの手首を掴む。

胸を隠していた両腕をゆっくりと左右に退けさせられた。薄桃色が露呈する。

まるで獲物を捕らえるように、彼は胸の蕾を見据えている。

「……ドキドキする」

トラヴィス様はたっぷりと息をつき、顔を伏せた。

右胸のすぐそばに彼の唇がやってくる。

いっぽう左の乳房は彼の右手にしっかりと掴まれていた。

薄桃色の部分を指のあいだに挟んだまま、ふにふにと揉みこまれる。

彼はドキドキすると言っていたけれど、傍から見るとまったくそのようなことはなく、いつもどおり落ち着いている。

ううん、落ち着いてる……っていうのとも、ちょっと違う。

トラヴィス様の息遣いが、ふだんよりも耳につく。

彼もまたわたしと同じで興奮しているのがよくわかる。

わたしに、興奮してくれてるって――ことだよね。

そう思うとよけいに恥ずかしくなり、同時に幸福感が増す。

胸の頂がますます尖ったタイミングで、トラヴィス様の熱い舌が薄桃色を掠めた。

「ふぁああっ!」

自分でも信じられないくらいの大声が出て焦る。反射的に口を押さえると、彼は嬉しそうに笑った。

「声……抑えてほしくない」

かすかに湿った薄桃色のすぐそばで彼が言葉を紡いだとたん、触れられてもいない脇腹がぞくぞくっと震えた。

どうやら彼はわたしに「両手で口を押さえるのをやめて」と言いたいらしい。

わたしはおずおずと両手を口から退ける。するとトラヴィス様はますます嬉しそうに口角を吊り上げた。

幸せそうな顔のまま、トラヴィス様はべえっと舌を出し、尖りの根元をつんっと突く。

「んぁ、うっ……！」

声は抑えないでと言われた。それは、わたしの声が彼の耳にしっかり届いているということ。

もしかしたらトラヴィス様は、一言一句、聞き漏らさないよう耳を澄ましているのかもしれない。

ぎゅんっと、そんな音が聞こえる勢いで耳に熱が集まる。

わたしの羞恥心を煽るように、トラヴィス様は右手で掴んでいる乳房を揉みしだき、その先端を指のあいだで扱き上げた。

「あぁ、んっ……ふぅ」

膨らみの先端はふたつとも、いまだに根元しか触れられていない。

初めてのことなのに、舌や指で乳首の根元を揺さぶられるだけでも気持ちがよくて、高い声ばかり出してしまう。

純白のドレスに覆われている足の付け根が、心臓の真似をするようにトクンとクンと脈打っている。

「マリアの、蕾……どんどん尖ってる」

「ふ……っ！　う、うぅ……」

乳首全体には、舌でも指でもまだ触れられていない。それなのに「どんどん尖ってる」ことが恥ずかしくなる。

「だって……トラヴィス様……ぅ、ふっ……」

そんなふうに根元ばかり突かれるのでは、気持ちよさと同じくらい焦れったさも募っていく。

「ごめん。かわいいね、マリア」

彼はそれまでよりも大きく口を開けると、舌の腹で薄桃色の棘をべろりと舐め上げた。

「ひぁっ、あ……っ！」

やっと乳首のてっぺんまで触れてもらえた。根元とてっぺんではまるで感覚が違う。

彼の舌がどこを這っていても快感なのには違いないけれど、乳首全体をぺろぺろと舐められるほうが俄然、気持ちよかった。

「こんなに、硬いんだ……？　舌も指も、弾かれる」

乳首が唾液で湿っているせいか、彼の息がこれまでよりも熱く感じる。トラヴィス様の吐息だけでも快楽が迸った。

恥ずかしいから指摘しないでほしいけど――そんなふうに言われるのでも、気持ちよくなっちゃってる。

わたしの葛藤を知ってか知らずか、彼は舌と指をそれぞれ動かして胸の蕾を撫で上げる。

先ほど彼が言ったとおり、乳首は舌も指も弾かんばかりに凝り固まって、大喜びしている。

そしてその硬い尖りを、トラヴィス様は嬉しそうに舌で舐めたり指で嬲ったりする。

「あっ、ぁ……っ、んぅ、ふ……うぅ」

薄桃色の部分を突かれるたびに喘ぎ声が零れる。

ほんの数分前まで、声を出すことすら恥ずかしくてためらいがあったのに、いまはどうだろう。自分のものとは思えない高い声が、絶え間なく溢れでてくる。

だからきっと羞恥心が麻痺して、大きな嬌声を紡ぐ。

「ひぅ、うぅっ……ん、ふぁあっ……！」

より強く、ふたつの棘を押された。

トラヴィス様は顔を上げ、わたしの顔をじっと見たあとで舌と指を入れ替えた。それまで舌で弄っていたほうは指で、反対に指で弄っていたほうには舌を這わせる。

まるですべてがリセットされてしまったよう。トラヴィス様は乳首の根元しか刺激してくれない。わたしは苦悶しながら首を振る。

「やぁ……おねがい、ですから……。トラヴィス、様……っ」

もっと激しく乳首を弄ってほしくて彼にねだる。

トラヴィス様は唸るように「うん」と返事をして口を開け、屹立した薄桃色の蕾を丸ごと口に含んだ。

「ひ、あっ⁉　ぁ……っ、そんな……あぅ、うっ」

そこまでの刺激を望んでいたわけではない――というのは、嘘だ。

心のどこかでは期待していた。彼の熱い口腔に包まれて、舌で転がされることを。

彼はわたしの乳首を口腔に捕らえると、根元からてっぺんまで舌を何度も蛇行させた。よく濡れているほうの蕾は指で押し込められる。

「あぁ、んっ……！」

トラヴィス様は乳首を咥えたまま口の端を上げて笑う。

それから、乳首を押し込めていないほうの手でウェディングドレスの裾をするすると引き上げていった。

ドレスの裾が膝の上までくると、そこからはスカートの内側へと右手を滑り込ませる。

「あう、う」

乳首を口に含まれているくらいなのだから、太ももを撫で摩(さす)られるのなんてどうということはない——はず。

それなのに、彼の大きな手のひらが足の付け根に近づくにつれ、それまでとはまた違った羞恥心が湧いてくる。

どうしてなのか、初めは自分でもわからなかった。けれど彼の指がドロワーズのクロッチ部分を押したことでやっと自覚する。

下着が、濡れてる。

彼の指に探られて初めて、蜜が溢れていることに気がついた。あまりに鈍感すぎる。

トラヴィス様が巧みに乳首を弄るから……！

彼のせいにして、わたしは「ふぅ」と呻いた。

トラヴィス様はスカートの中に忍ばせた手でドロワーズのクロッチ部分をすりすりと摩る。

濡れていることは、彼も感触でわかるはずだ。

てっきり言葉でも思い知らされるものだと思って身構えていたのだけれど、トラヴィス様は胸の蕾をはむはむと甘噛みするだけで、なにも言わない。

それはそれで、なんか恥ずかしい！

まさかそういう作戦なのかと、邪推してしまう。

いっぽうでトラヴィス様は、濡れたドロワーズ生地の上でくるくると円を描いていた。指の加減は付かず離れず、絶妙だ。

気持ちがよくて、両脚が自然と左右に広がる。無意識のうちに、彼が秘所に触りやすいような体勢になる。

胸の蕾を舐めまわしながら、トラヴィス様は小さく笑って、右の乳首を指でつまみ上げた。

ドロワーズのクロッチ布をつんっと押される。

「ふぁ、あぁあっ！」

明確な刺激を与えられて、ひときわ大きな声が出る。

息が弾み、膝が震える。気持ちがよくて、震える。

「あぅ、んっ……トラヴィス様……」

無性に彼の名前を呼びたくなった。トラヴィス様は目線だけをわたしに向けて「んん？」と唸る。

意味もなく呼びかけてしまった。気まずさを払拭するように、わたしは「ええと、その」と言葉を濁した。

「なあに……？」

それだけ言うと彼はまた胸の蕾を食んだ。ちゅっ、ちゅっと吸い立てられる。言葉の続きを催促されているみたいだった。

「あっ、ぁ……気持ち、い……です。すごく……ふ、ぅ……っ」

はしたなくて恥ずかしいのに、口に出さずにはいられなかった。

吐息を感じた。彼が嬉しそうに笑っているのがわかる。言葉にしてよかったと、わたしは自分自身を肯定した。

それにしてもトラヴィス様って――手の感覚だけで、ドロワーズの内側がどうなってるのかわかるのかな。

透視でもしているのではないかと思うくらい的確に、小さな粒を押されている。

「んっ、う……くぅ……あっ」

生地を隔てて花芽をつままれる。胸の蕾も花芽と同じように、指と唇でそれぞれ挟まれた。

くいっ、くいっと引っ張られる。

気持ちのよい三箇所をそんなふうにされて、どこへ意識を向ければよいのかわからなくなる。どこもかしこも快感が駆け巡るせいで、じっとしているのが辛い。

わたしが体をくねらせても、トラヴィス様は少しもまごつかずに性感帯を愛で続ける。

「あぅっ、ふ……ぅ」

トラヴィス様に指で刺激されたせいもあって、足の付け根は濡れて、濡れすぎて、蜜壺から外へ溢れた愛液は確実にドロワーズを貫通している。

ウェディングドレスまで濡らしてしまっているかもしれないと思うと、急にいたたまれなくなった。

そしてわたしのそんな懸念を汲みとったように、トラヴィス様は胸の蕾から口を離して言う。

「ああ――きちんと脱いでから、だったね」

いまになって思いだしたのか、あるいは意図的にそうしたのか。わたしにはわからなかった。

ただ、あちこち弄りまわされたせいで全身が火照っている。ブートニアの匂いを嗅いだときと同じかあるいはそれ以上に、甘い焦燥感に満ちていた。

うなじで結われていた平たい紐を解かれる。

そこの結び目さえなくなれば、ドレスはたやすくすべてが足先のほうへ抜けていく。

トラヴィス様は喉を鳴らしながら、ドロワーズごとすべての衣服を剥ぎとった。

紫色の瞳が、興味と情欲を滲ませて見つめてくる。

中途半端にドレスを着ているのでは卑猥だからすべて脱ぎたかったはずなのに、肌を覆うものがなにもなくなると、それはそれで羞恥心に苛まれた。

とっさに胸元を隠したものの、わたしの腕からはみ出している薄桃色の乳輪を擦られた。隠しきれていないことを指摘される。

「んっ、ふぅ……う……んん」

トラヴィス様はいたずらでもするように、わたしの腕の下にある乳首めがけて指を潜り込ませ、ぐりぐりと押した。彼は楽しげだけれど、していることはすごく淫らだ。

「や、んっ……あぁ、うっ……」

指先の猛攻に耐えきれず、腕に力が入らなくなる。胸を押さえていることができなくなった。とうとう陥落して、わたしは両腕をベッドの上に投げだした。

「そう――隠さないで」

彼が満足げに笑う。麗しすぎて下腹部が疼く。

「ぁ、んっ……！」

ひどく勃起した乳首をふたつとも、見せつけるように指で押し上げられた。

自分の乳首を、これほどまじまじと目にしていたことはいままでにない。

そこを見なければいいのに、彼が胸の頂に視線を据えているものだからつい、気を取られる。

「マリアの乳首、好きだな」

いきなりの発言を受け、きょとんとする。

「え、ぁっ……そ、それは……どうして……?」

いやいや、理由なんて訊いてどうするの⁉

後悔しても遅い。もう尋ねてしまった。

トラヴィス様は微笑したまま、小さく首を傾ける。

「ここを弄っているとマリアが蕩けきった顔をしてくれるから……私まで幸せな気分になる」

かあっと、耳や手足の先まで瞬時に焦熱が湧き起こる。

彼がそんなふうに思ってくれることが嬉しくて、泣いてしまいそうになった。

「幸せ……です。わたし、も……すごく」

「うん……。好きだよ、マリア」

甘やかな囁き声とともに、ふたつの尖りを天井へ向かって強く引っ張られる。

「ひぁうっ!」

全身がビクンッと弾む。

「ちょっと驚いた顔になったね? ……ごめん。きみのいろんな表情が見たくてつい、あれこれ試したくなる」

それまでとは打って変わり、今度は三本の指で柔肉へと押し込められる。

「ひゃっ、あっ……それ……うぅ、んっ……ふぅ」

あれこれ試されるのが嫌なわけではない。

けど——保つのかな、わたしの体。

他人事のように考えたあとで、保たないかもと不安になる。

快感が強すぎて失神してしまったらどうしようと、心配になった。

「あ、あんまり刺激的だと……わたし、だめかもしれません」

涙声で言えば、トラヴィス様は「えっ」と声を上げた。

「うーん、じゃあこういうのは……どう？」

指先だけでこちょこちょとくすぐられる。

「ぁ、うっ……だめ、です……！　くすぐったいのに、気持ちよくて……あぅ、あぁっ……」

「気持ちがよいのなら、いいのでは？」

くすっと笑って、トラヴィス様はなおも胸の頂を指でめちゃくちゃに嬲りたおす。

「やぁ、ん……っ！　あ、あぅ、ん……ふぁ、あっ」

喘ぐわたしを見て彼はなにを思ったのか、急に頭を低くした。

「んんっ……！」

唇と唇が深く重なる。それでも彼の手は止まることなく、胸の尖りを指でこりこりと押してくる。

声を上げたくても、口は彼の柔らかな唇で塞がれているから「んぅ、んっ」と呻くばかりだ。

トラヴィス様は角度と、それから食む深さを変えて何度もわたしの唇にくちづけた。

キスにも、乳首を弄る指にも緩急をつけられ、翻弄される。

熱という熱が、下腹部へ集まっていくようだった。

それを察知したように、彼の片手が腹部を通って恥丘まで下がる。

「んぅっ……！」

いまは一糸まとわぬ姿だから、下半身を守る布はない。

トラヴィス様の長い指先が恥丘の上で軽やかに躍る。ピアノの鍵盤を叩くように。

淫唇に触れられずとも、それだけで快感だった。

くちづけを終えると、彼は目を伏せてわたしの下腹部を見遣った。

隠してもムダだけど……！

右手で足の付け根を押さえると、彼の右手とぶつかった。

「ん……陣取り遊びかな？」

笑みを深め、トラヴィス様はわたしがなにも答えないうちに「ルールを決めよう」と言う。

「そうだな――きみがそのかわいらしい声を抑えられたら、マリアの勝ち。きみがいま右手で守っているところには決して触らないよ。どう？」

「……っ、そ、それは……」

勝っても負けても自分が不利な気がしてならない。

それにさっきは、わたしに「声は抑えてほしくない」って言ってたのに。

……ううん、これは遊びなんだし。

トラヴィス様の意思は関係ないということだろう。

それにしても、なにか有利なルールを追加できないだろうか。

そうして考えを巡らせたものの、とっさにはなにも思いつかなかった。

「いい？」

「う……っ。はい……」

トラヴィス様は「じゃあ始めよう」と言うなり顔を伏せた。わたしの乳房をぐにゃりと鷲掴みにして、ちゅうっと音が響くほど首筋を吸う。

「……っ‼」

さっそく負けそうになったけれど、唇を引き結び、両手で押さえることでなんとか嬌声を堪えた。

わたしが徹底抗戦の姿勢を見せると、彼はどこか挑発的な笑みを浮かべた。楽しげな顔のまま、乳房の先端を指先でぴんっと弾く。

それでも息を詰めて耐えていると、トラヴィス様は苦笑しながら「呼吸はきちんとしてね？」と言った。

こくこくと頷く。彼の優しい心配りに触れ、このときにはもう気が緩んでいた——と、あとから思った。

彼はわたしの膨らみをそれぞれ外側から掴んで真ん中に寄せる。そうして薄桃色の棘を中央に整列させた。

ま、待って待って、そんな……。

赤い舌の先が薄桃色の尖りへと近づいていく。乳首は、片方ずつ舐められるだけでも果てしなく気持ちがよかった。

なのに、両方だなんて！

体がひとりでに期待して、乳首はいっそう舐められやすい形になる。そのことに彼も気がついたのか、舌が触れる直前に口角を上げた。そのほほえみにも色欲を掻き立てられる。

トラヴィス様は舌の腹で胸の蕾に触れ、ふたつの棘を一緒くたにぺろりと舐めた。

「ふぁぁああっ！」

たまらず叫ぶ。わたしの負けが確定しても、トラヴィス様は舌を退けなかった。なにも言わずに、夢中なようすで、薄桃色の頂にれろれろと舌を這わせる。

「あ、ぁっ……トラヴィス、様……わたし……う、ふっ……」

呼びかけても彼は言葉を返さずに、ひたすら乳首を舐めしゃぶる。

「んっ、んふ……あぅっ……！」

勝負にはもう負けてしまったから、どれだけ声を出してもいい。

トラヴィス様はじゅっと水音が立つほど乳首を吸ってから顔を上げた。中央に並んだふたつの蕾に慈しむような視線を向けたあと、名残惜しそうに胸の先端へキスをした。

「私の勝ちだね？」

「うぅ……」

くたりとしているわたしの額に、トラヴィス様は自分の額をそっと重ねる。

「ごめんね、声を抑えてほしくないと言ったのは私なのに。マリアが愛らしいから、いたずらしたくなる……」

彼は指先で、濡れそぼったふたつの頂をそれぞれ左右に揺さぶった。

「けれどいまから、精いっぱい贖うよ」

贖うって——どうやって？

考えただけで、全身が淫らな熱に冒される。

トラヴィス様はどこかうきうきとしたようすで右手を動かし、わたしの太ももを撫で上げた。存在感のある大きな手のひらが、足の付け根へ近づいていく。

脚を閉じてしまいたくなったものの、そんなことをすれば彼の手を挟んでしまう。結局恥ずかしいことになるから、わたしは少しも動けなかった。

淫唇を、二本の指でふにふにと押される。

「あ、んっ……！　うっ……」

陣取り遊びにはあっさり負けちゃったけど——きっと、これでよかった。

淫唇に触れてもらえなかったら、それはそれで苦行だったに違いない。

だからこれは、敗北という名の勝利だ。

その秘めやかな箇所に触れられて、身も心も悦んでいる。

「ここ……きみの唇と同じくらい柔らかい」

感動しているような口ぶりだった。心なしか彼の紫眼は輝いている。

「くちづけてもいい？」

爛々とした表情のまま彼が言ったものだから、つい頷いてしまいそうになった。

「そっ——だ、だめです絶対……！」

「陣取り遊びに勝ったのは私なのに？」

「だって、そんな……そんなところにくちづけるなんて、ルールでは明示されませんでした」

困惑しながらも正論を投げれば、トラヴィス様はさも残念そうな顔になった。

全然触ってもらえないのは嫌だけど、くちづけられるなんて、そんなの恥ずかしすぎて無理！

わがままだけれど、恥ずかしいものは恥ずかしい。

「まあ、たしかに……。明言はしなかったね」

トラヴィス様は不満そうに、それでいてどこか含みのある笑みを浮かべている。なにか企んでいるような麗しい笑みを前にしてぞくりとする。

「けれど触るのは、はっきりと言っておいたから。たくさん……いいよね？」

念を押すようにちゅっと唇にキスを落とされ、いまだにぷっくりと膨らんでいる乳首の片方を指で撫でつけられる。

「ふっ……う、ん……」

わたしの呻き声を肯定だと捉えて、トラヴィス様は淫唇の端から端まで指でなぞり上げた。じっくりと丁寧に、探るような手つきで割れ目を確かめられる。

痛みがないか、どれくらいの加減がちょうどいいのか、推し量っているようだった。トラヴィス様は、常に熟考しながら行動しているのがよくわかる。

それに引き換えわたしはどうだろう。なにも考えずに身悶えばかりしている。

「くぅ……っ」

不甲斐なくて恥ずかしいのに、彼の指が気持ちよくて腰が揺れ動く。

頭の中で深く考えることはできずに、ただ本能のままに快感を享受する。

「よけいな力は入れずにいてね、マリア」

穏やかに言うなり、トラヴィス様は濡れた莢(さや)を左右に払った。

「はぅうっ！」

ふたつの乳房がぶるんっと上下に弾む。そのようすをしげしげと眺め、トラヴィス様は人差し指で花芽の周りをぐるりと辿った。

「ふぁあぁ……っ！　あ、んっ……あぅう」

彼の指は少しも滞ることなく小さな豆粒のまわりをぐるぐると周回している。指先はぬめりを帯びているから大きな摩擦はない。

蜜を掬われずとも彼の指がぬめっているのは、膣口から大量に愛液が溢れているせいだろう。わたしの体——ほんとに恥ずかしい。

「いっぱい溢れていて、嬉しい」

読心術さながら、トラヴィス様がほほえむ。

小さな粒にはまだ触れられていない。その根元や際を擦られているだけだというのに、いままでに感じたことのない恍惚感を覚えた。

「そろそろ、かな」

長い指が蜜口の愛液を掬う。

「ひぁ、あっ……あぁあっ！」

ぬるりとした指が花芽を押すものだから、気持ちよさで下腹部が上下にうねる。

トラヴィス様はそのまま指で淫核を擦る。決して速くはないものの、一定のリズムで押し込められる。

「あっ、ぁっ……ふぁっ……だめ、っ……わたし……やっ、あぁ……」

絶頂に達するのは、恥ずかしいこと。

前世のときからそんな思いがあったものだから、ひとりでするときは乳首や下半身の小さな豆粒を、衣服越しに少し触るだけで満足していた。

だから、胸の蕾と花芽を指で直に擦り立てられているこの状況は刺激的すぎる。

羞恥心が、炎のようにわたしの心を炙っていた。

「……辛そうな顔。恥ずかしい？」

「ふっ……？」

言われて初めて、眉間に皺を寄せてしまっていたことに気がつく。

「正直になって、いいんだよ。すべてを曝けだして――」

心まで包み込むような優しい笑みを浮かべ、トラヴィス様は指の動きを速めた。

乳首も淫核も指で丹念に、素早く捏ねまわされる。

指で弄られている箇所は、もうこれ以上ないというくらい興奮を露わに勃起していた。

トラヴィス様は指の動きを保ったまま顔を伏せ、空いているほうの乳首にかぶりつく。

「ひぁああぁっ、あぁあっ――……！」

はしたなく絶叫して、下腹部をビクンビクンと跳ねさせる。

大きな熱溜まりが大きな爆発を起こしたように、体じゅうに焦熱が迸った。

わたし……イッちゃったんだ……。

トラヴィス様に、快感の最も高いところまで引き上げられた。

羞恥と悦びのせいか、体が小さく震える。そのことに気がついたらしいトラヴィス様が、ぎゅっと抱きしめてくれた。

温かくて広い体に包まれる。しだいに気分が落ち着いた。

そういえば、ドキロマでは初夜シーンがなかった。

……そうじゃない。序盤しかプレイしてないから、わたしが知らないだけ。

トラヴィス様ルートの最初のイベント『湯けむりの中で一緒にお風呂』を終えた段階で、恥ずかしすぎてプレイができなくなった。

そのイベントよりも、いまは圧倒的に濃密な時間を過ごしている。

画面上でするのとは比べものにならないほど全身が熱い。

恥ずかしくても、ゲームと違って途中でやめようなんて気が起きないのはきっと、トラヴィス様のことが本当に好きだからだ。

彼は『推し』ではなく『愛する人』になった。

挙式が終わったから、わたしはトラヴィス様の『妻』なんだ。

落ち着いたはずの気分がまた高揚して、顔が熱くなる。

「うん？　どうかした？」

どうしてすぐにバレちゃうんだろ⁉

彼は本当に敏(さと)い。隠すようなことではないものの、はっきりと口に出すのも気恥ずかしかった。わたしがためらっていても、トラヴィス様はにこにこしながら待っていてくれる。

「……トラヴィス様はわたしの夫で、わたしは妻なのだと……いまさら、実感しまして」

やっと白状すれば、トラヴィス様は目を瞠(みは)りながら唇を引き結び、わたしの胸に顔を埋めた。

「きゃっ！　トラヴィス様……っ。くすぐったい、です」

金の髪は滑らかで、柔らかい。だから肌に当たるとくすぐったい。

わたしが左右に肩を揺らすと、トラヴィス様はゆっくりと美貌の面を上げた。

「きみが紡ぐ言葉はすべてがかわいくて、愛しくて……もう、おかしくなりそうだ」

彼は眉根を寄せて――愛しさをぶつけるように――蜜口の浅いところをくちゅくちゅと指で探る。

「あ、ぅっ……！」

急に秘めやかな箇所に触れられて焦る。それだけでなく、太ももを押し上げられたものだからいよいよ慌てふためいた。

「そんな、見ちゃ……や、うぅ」

わたしの言葉なんて聞いていないようすで、トラヴィス様は足の付け根を凝視している。

「シーツにも零れてる」

それは、なにか新しいことを発見したときのよう。軽快に、嬉しそうに彼が笑う。

わたしとしては、発見されたくなかった。見ないでほしかった。

そう思うのに、発見されたことで下腹部がトクンッと脈打ち、じわりと熱くなる。きっとまた、蜜を量産している。

「もっとよく見たいな」

彼の両手が両方の太ももを掴んで押し広げた。M字に脚を開いている状態だ。

「〜〜っ！」

恥ずかしすぎて言葉が出てこない。脚を広げたというだけならまだしも、その中心部分を彼は凝視している。

「トラヴィス様……おねが……そんなに、見ないで……っ」

鼻の奥がつんと疼いて涙声になる。トラヴィス様はわたしを見つめて「ごめん」と謝った。

ところが彼の視線は吸い寄せられるようにふたたび秘所を捉える。

「やっ……どうして」

「うん、ちょっと……見るのをやめられない」

彼の趣味はクラフトだから、何事もよく観察する癖がついているのかもしれない。

カーライル領の風車にしても、仕組みをよく理解していなければあれほど立派なものは造れない。

「……あ、溢れてきた」

小さな呟きに、全身を逆撫でされたようだった。なにが「溢れてきた」のか言うまでもない。わたしは事実を否定するように首を横に振った。

「きみはすごく恥ずかしいのかもしれないけれど、私にとっては喜ばしくて、少しも恥じるようなことじゃない、よ」

甘やかに宥めて、トラヴィス様は蜜が溢れる小さな口に人差し指を挿し入れる。脚を大きく広げているから、そのようすがよく見えた。

長い指を、自分の体がぬるぬると吸い込んでいく。

「あぁ、う……っ！」

見ていられなくなって目を閉じる。すると、体内に沈んだ指の存在感が際立つようになった。トラヴィス様は「熱い」と感想を零し、慎重に指を進めていく。長い指だというのに、根元まで呑み込んでしまった。

「奥まできちんと潤ってる」

「あの、わたし……初めて、ですから」

彼に非処女だと思われたくなくて言うと、トラヴィス様は不思議そうに「そうだね」と答えた。処女膜には穴が空いていることもあるのだと、彼もきちんと知っているらしい。

「もしもマリアがほかのだれかに貫かれたら、私はその男を――」

一瞬、彼の顔から笑みが消えた。

常にほほえみを湛えている彼からそれがなくなると、ぞっとするほど冷たい印象になる。

わたしが怯えていると気取ったのか、トラヴィス様はにこっと笑った。

「いや、なんでもないよ」

まるで眩しいものを見るように目を細め、彼はわたしの中からそっと指を引き抜く。

「夫として、きみの中に入りたい」

あらたまった態度で言われたわたしは、ドキリとしながらもすぐに返事をする。

「は、はいっ……あの、どうぞ……！」

なにがおかしかったのか、トラヴィス様は「ははっ」と楽しそうな声を上げて、白いジャケットのボタンに手をかけた。

彼は惜しみなく、バサバサと衣擦れの音を奏でながら衣服を脱いでいく。

壁掛けランプの明かりに照らされたトラヴィス様の裸体は、人の手で創られたように均整が取れていて、極上の美しさを誇っていた。

トラヴィス様は本当に『創られた人』だから。

そんな考えに至った直後に猛省する。なにがどうであれ、彼は確かに存在する生身の人間だ。

わたしは唇を噛む。急に緊張感が張りつめた。

「怖いよね」

温もりを持った大きな手のひらが頬を撫で、胸を伝って太ももまで下りてくる。

「怖い……です。でも……トラヴィス様のこと、知りたい……から」

わたしは、トラヴィス様のもの。トラヴィス様は、わたしのもの。

そのことを、身をもって実感したい。だから、恐れない。

トラヴィス様は困ったように眉根を寄せ、口角を上げた。

「マリアには敵わないな」

いつのまにか、硬い切っ先を蜜口にあてがわれていた。

その大きな情欲の塊を目にして、わたしはつい口を開く。

「おっ、大きい……！」

とたんにトラヴィス様は頬を朱に染めた。

「そう……かな。わからないが……こんなふうにしたのは、マリアだよ」

わたしに欲情してくださってるから、大きくなってるんだ。

わたしの顔もいま、トラヴィス様と同じ色だ。絶対。

彼は深く息をして、腰を前へ進めた。

「んっ――」

大きくて硬い雄杭の先端が隘路の入り口に立つ。ぬちゅっ、と水音がした。

「マリアも……深呼吸、しようか」

促されるまま「すう、はあ」と息をする。体によけいな力が入っていては、彼のものが収まらない。

わたしはその後も、彼に合わせるように深く息をしながら雄物を受け入れた。

硬いそれは、すぐには最奥まで届かない。まるで壁にぶつかったように、途中で止まってしまった。

形のよい眉が歪むのを見て焦る。

「辛いですか？　ごめんなさい……っ」

「私は平気だ。マリアのほうが、ずっとずっと、辛いだろう……？」

トラヴィス様は息を整え、わたしの頬を撫でる。

「もっと先まで……進むよ」

そうして宣言されることで覚悟が決まる。わたしは言葉なく頷いた。

トラヴィス様がわたしの中にいる。もっと、入ってくる。

じりっ——と彼が進めば、その存在感がさらに大きくなった。圧迫感というほうが正しい。

そしてそれは、やがて明確な痛みに変わる。

「ひっ……う……」

大きな声を出すのはみっともないから、必死に堪える。

深呼吸をして痛みをやり過ごそうとする。

目の前が涙でぼやけてきた。

不明瞭な視界の中でも、彼まで辛そうな顔をしているのがわかる。

わたしは「ふふ」と笑って――先ほど彼がしてくれたのと同じように――トラヴィス様の頬に手を添えた。

トラヴィス様はほほえんだけれど、それでもまだ苦しげな表情だ。わたしの痛みを慮っているようだった。

わたしは平気だ、と伝えたくて笑ってみせる。

痛いのに幸せだと思える。不思議な感覚だった。

彼が壁を通過してどれくらい経っただろう。最も奥まったところまで楔が沈む。

わたしは「んっ」と唸り、口を半開きにして息をした。

「……しばらく、じっと……しているね」

「いいの、ですか？」

「ん……。まだ、大丈夫……」

「痛みは……もう、ないです。だから、トラヴィス様……」

こんなふうに自分から求めるのは恥ずかしいことだと思うのに、彼に無理をしてほしくない気持ちのほうが勝った。

トラヴィス様は切なげに眉根を寄せる。

「マリア……マリア……っ。ゆっくり、動く……つもり、だけれど」

その言葉とは裏腹に、熱を帯びた楔はどんどん加速する。

「ごめっ……できそうに、ない……っ」

「ひぁ、あっ……ぁっ、はうぅっ……！」

トラヴィス様は腰を前後に揺すりながらわたしの頬や乳房を撫でまわす。

「私のものに、なった……やっと……。欲しかった、ずっと……っ」

いつも穏やかな彼の額に汗が光り、感情を剥きだしにするように息を荒らげている。ふだんは見ることのないそのようすに胸がドクンッと高鳴る。

「愛している、マリア……！」

心も体も強く求められて、嬉しすぎるせいか目の前に星が飛ぶ。

トラヴィス様は自分の存在と想いを知らしめるように律動し、わたしのすべてを呑み込もうとする。

わたしはというと、彼の想いに応えるべく「わたしも愛しております」と口に出したかったのに、激しすぎる抽送のせいで喘ぎ声しか紡げない。

言葉で伝える代わりに、わたしは彼の背に手を添えることで愛を示した。

トラヴィス様との結婚後も、わたしは彼とふたりで馬車に乗ってばかりいる。

今回は一泊二日で、マリアンフラワーの事業視察という名の小旅行だ。

目的地は、トラヴィス様が「着いてからのお楽しみ」と言うので、どこへ向かっているのかさっぱりわからない。

「ハネムーンはマリアの事業が軌道に乗ってから、もっとゆっくり時間を取ろう」

「ありがとうございます。あの……トラヴィス様ってご旅行がご趣味だったり？」

ドキロマではそんな設定なかったけれど、そうじゃないかと思うくらい彼はよく出かける。

トラヴィス様は、旅行ばかりしている自覚がなかったのか、目を丸くしていた。

「そうみたいだ。マリアに出会って初めて知ったよ。きみが隣にいてくれるだけで、馬車の中も楽しい。ありがとう」

「いえ、そんな……」

わたしは謙遜しながらふと考える。前世のことを打ち明けるべきか、このところいつも悩ましい。

さすがに頭がおかしいと思われかねない。ここはゲームの世界で、彼は攻略対象のキャラクターなのだと、果たして受け入れてもらえるだろうか。

いや、そのことを伝えたくないとも思う。

『推しはトラヴィス様』という女性は前世で数多くいた。不特定多数の女性に彼が攻略されているのだと思うと、複雑な気持ちになる。

わたしだけのトラヴィス様でいてほしい、なんて……おこがましい。

だから、言えない。言いたくない。

黙り込んで逡巡(しゅんじゅん)していると、彼の左手が首へと伸びてきた。顎の下あたりを手のひらで覆われる。

「ねえ……マリア。最近、そうして物思いに耽(ふけ)っていることが多いよね。そういう姿も素敵だけれど――もしかして私になにか隠し事でも?」

「いっ、いいえ……？　隠し事だなんて、なにも……」

「でも脈が速くなった」

つい両肩をビクッと弾ませてしまう。

「それは……だって、トラヴィス様のおそばだと……いつもこうです」

「まだ、慣れない？」

「はい」と、わたしは即答した。トラヴィス様は困り顔になる。

「私もだけれどね。生涯、慣れることも飽くこともない。きみは接するたび違う顔をするから」

思いもしないことを言われて面食らう。

「わたしって、そんなに顔つきが変わるのでしょうか」

「うん。いまはすごく深刻そうな表情だ。からかいたくなってしまう」

「からかっていらっしゃるのですか⁉」

頬を熱くしながら彼を見上げる。トラヴィス様は金の髪を揺らして首を傾げた。

「怒らせてしまったね。ごめん……かわいいマリア」

軽く触れるだけのくちづけをされる。

首には手をあてがわれたままだ。彼はまだ脈を測っているのだろうか。

そう思うと落ち着かないのに、下腹部が焦がれてくる。自分では制御しようのない脈拍を知られて、悦んでいる。

トラヴィス様が唇を離す。

「もう脈は測っていないよ。勝手なことをして悪かったと、思っているけれど……マリアのすべてを知りたくなる」

だから許してほしいと言わんばかりに、ふたたび甘やかなキスを落とされた。

馬車の中で甘い時間を過ごしていればすぐ目的地に着く。馬車を降りて外へ出るなり硫黄(いおう)の匂いが鼻をついた。

ここ、地獄だ。

死後の世界という意味ではない。

火山活動により、あちこちから白い煙と湯が噴きだす場所のことだ。前世で何度か観光に行ったことがあった。

地獄は、ドキロマの世界では真逆の名前がつけられていた。

「ここは天国(ヘヴン)だよ」と、トラヴィス様が教えてくれる。

彼と手を繋ぐ。両側から白い煙が立ちこめている小道を進む。

「マリアは、ここに来たことがあったのかな」

「えっ……ええと、初めてです」

「そう？　あまり驚いていないみたいだから……」

「も、申し訳ございません！」

「謝るようなことじゃないよ。来たことはなくても、ここがどういう場所かは知っていた、ということだね？」

「はい、存じております」

「マリアはなんでもよく知っている。勤勉だ」と、彼が感心したようすで言った。

買いかぶりすぎだ。前世の知識があるからだと言ってしまいたくなる。

いやいや……我慢しなくちゃ。

そうしてふたりで小道を進んでいくと、急に開けた場所に出た。

岩石に囲まれたその青い泉からは白い煙がもくもくと立ち上っていた。その手前には、観光にきたと思(おぼ)しき貴族たちの姿が多く見られる。

「賑(にぎ)わっていますね」

「ああ。けれど天国にはこれといった土産物がなくてね。なにか思い出になる品があればよいのだが――」

トラヴィス様は顎に手を当てて、観光客たちを見まわした。

「アイデアがあればどんどん出してほしい。もちろん、いますぐにでなくてもいいよ」

わたしは「はい」と答えて、ふたたびその青い熱泉を見た。

コバルトブルーの湯面は美しく、つい触ってみたくなった。けれど手を出そうものなら一瞬で火傷(やけど)してしまう。

「おいで、マリア。次はこっち」

少し歩くと、岩に囲まれたくぼみのある場所に出た。観光客らしき人々が、くぼみに群がるようにして立っている。

「やあ、これはトラヴィス様。おや、ご夫人もご一緒ですな」

白い顎髭を撫でつけながら老年の男性が話しかけてきた。

……ご夫人！

挙式を終えてから何度かそう呼ばれたことがあったものの、あらためて『トラヴィス様の妻』だということを噛みしめる。

「ご夫人は初めていらっしゃったのでしょう？　どうぞこちらへ、特等席でご覧になったほうがよろしいかと」

「そうします、ありがとう」

ご夫人と呼ばれて感動しているわたしの肩を抱き、トラヴィス様は老年の男性が譲ってくれた場所に立つ。岩場のすぐ前だ。

「これからなにが起こるのでしょうか？」

「見てのお楽しみ、だけれど……そうだな、目隠しをしておいたほうがもっと面白いかも」

言うなりトラヴィス様はわたしの目元を片手で覆う。

彼の手に目隠しをされて数分が経つと、シュッ、シュッ、シュッ――と、なにか音が聞こえてきた。音はどんどん大きくなっていく。

「……きた」

そんな言葉とともに視界が開ける。

目の前には、頭よりもずっと高い水飛沫が柱のように聳え立っていた。

「きゃっ……！」

突如として現れた水柱に驚いてよろけるものの、転びはしない。トラヴィス様が両肩を掴んで支えてくれた。

トラヴィス様はいたずらが成功したような顔をして「やっと驚いてくれた」と笑う。

「ここが間欠泉（かんけつせん）だとは知らなかったみたいだね？」

間欠泉――ってことは、これは水じゃなくてお湯が噴き上がってるのね。

岩場の天井に届く勢いで、湯が柱のように直立している。

「は、はい……びっくりしました。支えてくださってありがとうございます」

「どういたしまして。腰が抜けてしまったのなら抱っこしてあげよう」

「も、もうっ……トラヴィス様」

わたしたちのやりとりを見ていた老年の男性が「ほっほっほっ」と笑う。

「いやいや、これはまたよいものを見せてもらった。泉もおふたりもお熱いですなぁ」

そうして笑いながら男性が去っていくので、わたしは顔にずっと熱風を当てられているような心地になった。


本日の宿は地獄――もとい、天国を見渡すことのできる高台にあった。領主であるトラヴィス様がいれば、どれほど高級な宿でも顔パスだ。

大理石が敷き詰められたエントランスホールを抜け、中央階段を上る。

あれっ？　ここって……。

案内された客室は白を基調とした広い部屋だった。ガラス張りの大きなテラスドアの向こうには、湯けむりが見える。

トラヴィス様は従者たちに向かって「手筈どおりに」と言った。最近よくそんなふうに言って、トラヴィス様はお付きの人たちを下がらせている。

いったいなんの手筈なのだろうと疑問に思いつつ、わたしは部屋の奥へ歩いた。

そうしてテラスドアの前で立ち尽くしているわたしの体を、トラヴィス様が後ろから抱きしめる。

「せっかくだから、一緒に浸かろう？」

耳元で囁かれるのと同時に叫ぶ。

「ゆっ……湯けむりお風呂イベント！」

「……オフロ？」

間違いない。大理石に丸く囲われたこの大きな露天風呂には見覚えがある。

円形浴槽の向こうにクマの石像が置かれており、なぜクマなのかと前世では疑問に思っていた。きっと深い意味はないのだろう。

ともかく、トラヴィス様ルート最初のメインイベント『湯けむりの中で一緒にお風呂』が発生してしまった。

「マリア？」

「あっ……ご、ごめんなさい。なんでもないんです」

体をくるりと一回転させられた。向かい合うなりトラヴィス様が顔を覗き込んでくる。

「私と一緒に湯へ浸かるのは嫌？」

スマートフォンの画面上に選択肢が表示されている錯覚に陥る。

だって、ほんとにそういう選択肢があった。

そしてどんな選択肢を選んでも『一緒にお風呂』は避けられない。

なにせこれはトラヴィス様ルートのメインストーリー。このイベントを通らなければ絶対に
先へは進めない。

考えあぐねた結果、わたしは正直な気持ちを伝えようとする。

「嫌だなんて、思いません。けど、その……」

ドキロマのストーリーどおりに事が進んでいくことが恐ろしかった。

ヒロインというポジションになっただけで、ストーリーとは関係ないのだろうと、心のどこかで高をくくっていた。

けれどこのイベントが起こったということは——間違いなく、これからもストーリーが進む。

スマートフォンのゲームとは違うから、途中でやめるなんてことはできない。

ヒロインには必ず困難が降りかかる。わたしは、立ち向かっていけるのだろうか。

ドキロマを最後までプレイしていないわたしには、正解がわからないのだ。

考えに沈むわたしに、トラヴィス様が穏やかな口調で話しかけてくる。

「では私は先に浸かっていようかな。……待ってるよ、マリア」

トラヴィス様は手早く服を脱ぎ、テラスドアを開けて入っていってしまった。

いまになってわたしがここから逃げだしたら、トラヴィス様を傷つけてしまう。

そしておそらく、ルートどおりの行動を取らなかったからといって、ヒロインという役回りから逃げられるわけではないだろう。

わたしは意を決してドレスのボタンに手をかける。前にボタンがあるタイプなので、ひとりでも脱ぐことができた。

裸になったあとは、近くの棚に置かれていたバスタオルを巻きつけ、テラスドアから露天風呂へ出た。

目よりも高い位置にある夕陽がクマの石像と湯面を静かに照らしていた。

浴槽の端にはトラヴィス様がいる。彼は片腕を浴槽の縁に預けてこちらを振り返った。わたしは棒立ちになったまま、動けない。

「もっと近くにきて……」

「……っ！」

ゲームプレイ中に聞いたのと同じ台詞を、ヘッドホンではなく直接、耳にしてしまった。

その美しい声の破壊力が凄まじすぎて、湯に浸かる前からのぼせそうになる。

わたしはバスタオルの胸元を両手で押さえ、のろのろとした足取りで彼に近づいた。

ボウルで湯を汲み、軽く体を洗い流してから乳白色の湯に浸かる。

湯温はそれほど高くない。

トラヴィス様とのあいだには少し距離があった。

「マリアはやっぱり、私に隠し事をしているね」

彼が湯の中を移動してきた。肩と肩がぴたりとくっつく。わたしはますます頬を熱くする。

「いえ、わたしは……その……。なぜ、そう思われるのですか？」

「マリアはときどき私が知らない言葉を使う。もしかしてそれとなにか関係がある？」

優しい口ぶりだというのに眼差しはとても真剣で、気迫さえ感じる。

「ダイガクセイ、ガメン、オフロ——その言葉の意味を、私は知らない」

わたしがうっかり言ってしまったことを、トラヴィス様は全部記憶していらっしゃる。

たらりと、額から冷や汗が伝う。

わたしはトラヴィス様のほうを見ることができないでいた。ところが手で頬を覆われ、顔の向きを変えられる。

「お願いだ……マリア。教えて」

湯気に濡れた金髪。どこか物憂げなアメジストの瞳。薄く開かれた、形のよい唇。

そのすべてに見とれてしまって、言葉を発することができない。脈も呼吸も速くなるばかりだった。

彼が目を伏せて近づいてくる。睫毛の長さに感心しているあいだに唇が重なった。

体に巻きつけていたバスタオルは、あっというまに搦め取られた。

「……ふ……ぅ」

わたしは目を閉じて、唇の柔らかさを堪能する。

トラヴィス様は両手を湯に沈ませ、わたしの背を撫で上げた。温泉のとろりとした湯の中で撫でられると、それだけで感じてしまう。

彼はしばらく背中を撫でまわしていた。しばらくすると両手が前へやってくる。

脇腹に手をあてがわれ、くすぐったさに身を捩る。彼の両手は決して性急には動かない。けれどそれがまた快感だった。

両手は脇腹を這い上がっていき、膨らみを鷲掴みにする。

「ん……っ！」

ぐにゃぐにゃと揉まれることで、ふたつの乳房は白い湯面から出たり隠れたりする。

ぴちゃ、ぴちゃっという水音が卑猥なものに思えてくる。

「う……んぅっ……」

トラヴィス様は乳房を揺さぶるものの、その先端には触れなかった。

もしかして、わざと？

これまでだって焦らされることはあったけれど、いくらなんでもその時間が長すぎる。

乳房を揉まれるだけでも、もちろん気持ちいい。でもそれだけではもう物足りなくて、薄桃色の先端にも刺激が欲しくなる。

じれったいのだと訴えるべくわたしは肩を揺らす。けれどトラヴィス様は相変わらず胸の頂を避けて手を動かすだけ。

トラヴィス様は、苦悶するわたしを見おろして、遊ぶように乳房を上下させた。

ちゃぷっ、ちゃぷっと湯面が揺れる。乳首と湯が擦れる微細な刺激なら、むしろないほうがましだ。下腹部の疼きがひどくなる。

彼はおそらくこう言いたいのだ。「肝心なところに触ってほしくば、包み隠さずにすべてを打ち明けろ」と。

こんなふうに——甘く淫らに——問い詰められてはもう、降参するしかなかった。

「隠していること、すべてお話しします。だから、もう……お願いですから……！」

堰を切ったようにわたしが言えば、トラヴィス様は満面の笑みになった。

「うん……聞かせて」

それまで手つかずだった薄桃色の棘を指のあいだにぎゅっと挟まれる。

「ひぁあっ！」

ひどく焦らされていたぶん刺激的で、大声が出た。

トラヴィス様は二本の指をそれぞれ互い違いに動かして胸の先端を擦る。

「はぁっ……ん、んっ……ふぅうっ……」

やっと触れてもらえた悦びに浸りながら、わたしはなおも「あぅん、ぁ……んん」と甘い嬌声を漏らした。

「乳首を擦られながらだと、話せないね？　やめようか」

「やっ、だめ……です。話せます、から……ぁ、そのまま……っ」

またお預けを食らうなんてごめんだ。

頭の中は完全に理性を欠いて、目の前の快楽に夢中だった。

「わたし……ん、ふっ……前世の記憶が、あるのです」

「前世──それは、いまのマリアとは違う人間だったときの記憶があるということ？」

「はい。わたしは、ここととは違う世界に生きて……いました。二十五歳、まで」

トラヴィス様はわたしに興味深そうな視線を向け、胸の尖りを扱いていく。

「いま、わたしたちがいるこの世界は……ぁ、うぅ……っ」

「この世界は？」

「わたしが前世で過ごした世界で創られた、空想上の……世界……っ」

驚いたような顔になりながらも、トラヴィス様は手を止めずにわたしの乳首を弄り続ける。

「もっと聞かせて……」

彼の求めに応じて、ここがゲームの世界であること、攻略対象キャラクターと呼ばれる男性が複数人いることを、高い声を上げながら話した。トラヴィス様がそのひとりだというのは、言わなかった。

だけど、こんな話し方できちんと伝わる？

欲張らずに、愛撫をいったんやめてもらうべきだったのでは——と、いまさら悔やんだ。

「そうか……よくわかった。それできみは私の知らない単語を使っていたんだね」

トラヴィス様は満足げに大きく頷き、わたしの乳首を強くつまむ。

彼の言葉とはなんの脈絡もなく胸の棘を引っ張り上げられたわたしは「ひぅうっ！」と叫んで全身を弾ませた。

親指と人差し指で挟んだ乳首を、トラヴィス様は指先でくにくにと踊らせながらリズミカルに揺さぶる。

焦らされていたときとは打って変わって激しく責め立てられる。もしかしたら彼も、衝動を抑えていたのかもしれない。

トラヴィス様も、わたしの乳首をたくさん弄りたかった？

なんておこがましいことを考えているのだろう。猛烈に恥ずかしくなる。

「こんなに膨らみきって……。マリアの乳首はいつも一所懸命だね」

「そっ……う、あぅっ……！」

そんなことはないと言いかけて、果たして本当にそうだろうかと疑問が湧いた。

トラヴィス様の巧みな指先に翻弄されればいつだって、この上なく気持ちがよくなり、いっぱいいっぱいになる。

彼の言うとおり、ふたつの蕾は一所懸命に張り詰めている。

ぴいんと尖った薄桃色の棘を、トラヴィス様は慈しむように見おろして指で嬲る。幾度となく指で弾かれ、快感が高まっていく。

「あっ、あ……はぁ、んっ……んぅ、ふぁあぁっ……！」

湯気に濡れた長い黒髪を振り乱して、快楽のいちばん高いところを味わう。

胸だけでこうなってしまったのはきっと、長く焦らされていたせい。

蜜壺がドクン、ドクンと脈打つのを感じる。

くたりと脱力したわたしの体を、トラヴィス様はぎゅっと抱きしめ、その後頭部に手をあてがった。

「話してくれてありがとう」

よしよしと頭を撫でられる。

「いや……無理に聞きだしたようなものか。ごめん」

彼に抱かれたまま、わたしはふるふると首を振った。おずおずと顔を上げ、彼の目を見る。

「わたしの話を信じてくださるのですか？」

「もちろん」

「空想上の世界だなんて、ショックなのでは――」

「全然。だって、どの世界にしてもだれかに創られたものだろう？　私もきみも確かに存在しているということには変わりないから、だれが創造主なのかはさほど気にならないよ」

なんて寛容な考え方だろう。

トラヴィス様って本当にお心が広い。

いっぽうで、前世のことをひた隠しにしていたわたしはなんて心が狭いのだろうとも思った。

俯いていると、顎を掬われた。

「きみさえいてくれれば、どんな世界でもいい」

肌の温もりを確かめるように両頬を手のひらで覆われ、軽く摩られる。そうされることでますます顔が熱を帯びた。

「トラヴィス様……! わたしたちはもう夫婦なのですから、そんなふうに……その、口説かないでください」

「口説いているつもりはないよ。思ったことをただ口に出しているだけ」

からかいのない表情でトラヴィス様は言葉を足す。

「夫婦にはなったけれど、もっとマリアに好かれたいから……いつだって口説きたいくらいだ」

わたしはぱくぱくと口を動かす。

彼の顔を見ていられなくなって、その胸に突っ伏した。胸板は厚く、肌は湯気で湿っている。

夫婦になってもやっぱり、ドキドキしちゃうよ。

胸の鼓動を落ち着かせるべく深呼吸をしていると、頭上から低い声が降ってくる。

「でも、そうか……きみの心は十八歳ではなく二十五歳ということだね？　納得した。マリアの言動は年齢よりも大人びていると、常々思っていたんだ」

「ええと、その……ありがとうございます。でもしっかりしている十八歳だって、いると……思いますよ？」

「そうかもしれないが、少なくとも私の周りにはいなかった。だから、最初からきみに強く惹きつけられたのかもしれない」

トラヴィス様はわたしの黒髪を、湯に漂っている毛先のほうまで何度も手で梳いた。

「こんなに愛らしいのに、芯が強くてしっかりしている。常に他者を思いやり、最善を尽くしている――」

彼がなにも言わなくなったので、どうしたのだろうと思い顔を上げる。

沈みかけた太陽の光が、トラヴィス様の顔を情緒的にさせている気がした。

「そうだね……年齢は関係ない。私は単純に、マリアが好きだ」

彼の想いを、初めて告げられたときも感動した。いまもそうだ。彼の気持ちがひしひしと伝わってきて胸が熱くなる。

「わ、わたしも……いえ、わたしは前世でも、トラヴィス様のことをお慕いしておりました」

張り合うようなことを言ってしまった。

わたしがそんなふうに切り返すとは予想もしていなかったのか、トラヴィス様はしばらく目を見開いたまま固まっていた。

「ああ、それで……。以前、言ってくれたよね。ずっと好きだった――と」

トラヴィス様の頬が赤いのは、夕陽のせい？

あらためて腰に腕をまわされ、それまでよりももっと強く抱きしめられる。

「生まれる前から私のことを好いていてくれたなんて。嬉しすぎて空を飛びたくなる」

わたしは夢見心地で彼の言葉を繰り返す。

「空を……飛べるのですか？」

「馬車を使わずとも魔法で空間を移動できる。だからマリアがどこにいても、空を飛んでそばへ行くことができるよ」

半分は冗談なのか、弾んだ声だった。トラヴィス様が、わたしの唇にちゅっとくちづける。

「前世のこと、打ち明けるのには勇気が必要だったよね」

労るような視線を向けられた。

「けれどまたひとつマリアを知ることができて、嬉しい」

彼の顔に好奇心が垣間見える。

「ねえ、これから先どんな楽しいイベントが起こるの？」

その問いにはドキリとしてしまう。目下の懸念事項はそれだ。

「それが……わたしはゲームを途中でやめてしまったので、どういうストーリーなのかわからないのです」

「途中でやめてしまったのは、なぜ？」

「そ、それは……」

　俯いて言い淀むわたしの顔を、トラヴィス様は興味津々といったようすで見つめている。

「いっ、いまみたいに……っ、トラヴィス様にはドキドキさせられっぱなしで、心臓が保たなかったからです！」

　わたしが一息に言えば、トラヴィス様は「ははっ」と楽しげに笑った。

「では私の思うままになにをしてもいいということだね？」

「はい。ルートどおりの行動を取る必要なんてありません、が……どうしてもそういう流れになってしまうのかも」

　すると彼は神妙な顔つきになった。

「うん……摂理（せつり）というものだろう」

　トラヴィス様の言葉に、うんうんと頷く。

「楽しいことばっかりじゃ、ないと……思うんです」

　甘い時間ばっかり過ごせるわけじゃ――ない。

　平穏ばかりでないことは前世でも同じだったのだから、恐れることはないとわかってはいる。

　でもやっぱり、怖い。

ヒロインに波乱はつきものだ。

このゲームでは幸せな結末ばかりでなくバッドエンドも用意されている。

ドキロマの世界には、夫婦の誓いを立てたあとにほかの異性と関係を持てば、どんな理由であろうと離縁しなければならないという法律があるのだ。

たとえなにがあっても、トラヴィス様のそばを離れるつもりはない。けれど選択を誤れば、彼と離縁して二度と会えないという最悪の結末になってしまう。

ぞっとして、体が震えた。そんなわたしを見てトラヴィス様は静かに口を開く。

「もしかして私は、そのゲームで『攻略対象』という役回りなのかな」

「……っ！」

攻略対象について話はしたものの、トラヴィス様がそうだとは明言しなかったのに――。

トラヴィス様は確信していらっしゃる。

……って、トラヴィス様にドキドキしてばっかりだって、わたしが言っちゃったからだ！

完全に墓穴だ。下手に隠すのはよくないと考え、わたしは「そうなんです」と肯定した。

「トラヴィス様が攻略対象だって、言うつもりはなかったんです。……失言でした」

「きみの発言がなくても、私は疑っていたと思うよ。だってきみは、私とのこれからについて不安そうだったから。物語の主要な登場人物にはたいていい、困難が待ち受けているものだからね」

トラヴィス様は慰めるように、わたしの頭を撫でてくれる。

「それで……その、絶対にそうとは言いきれないのですが、アトリー侯爵令嬢のジェナ様が、前世のゲーム世界では悪役だったんです。けれど、ゲームのストーリーと同じことが必ず起こるかというと、それは不確かで。ジェナ様がどんなふうにわたしたちを虐めてくるのか、あるいはなにも仕掛けてこないのか、わかりません」

「アトリー侯爵令嬢、か……。なるほどね」

なにが「なるほど」なのか、わからない。

トラヴィス様は、今度はわたしの頬を優しく撫ではじめた。

「たとえどんなことが起こっても、マリアは私が守る。だから……そんな顔をしないで」

言われて初めて、自分が泣きだしそうなことに気づいた。細い声で「はい」と返事をする。

「私だけの主人公を、守りきってみせる」

そっと額が重なる。

ごく間近で見るアメジストの双眸は、茜色の空の下でも爛々と輝いている。

わたしは頬が火照るのを感じながら「ありがとうございます」と、言葉を絞りだした。

「トラヴィス様、は……本当に、心臓に悪いです……」

「ん――そんなに心臓が高鳴っているの？　聞いてみていいかな、直に」

彼はわたしの返事を待たずに身を屈める。胸に耳を当てられて、ますますドキンと心臓が跳ね上がる。

トラヴィス様は手持ち無沙汰になったのか、胸の尖りを弄りはじめた。

「本当だ……。鼓動が、激しい」

「う、ふぅ……っ」

くらりとして額に手を当てると、トラヴィス様は顔を上げた。

「耳まで真っ赤だ。のぼせてしまった？」

心配そうに言うなりトラヴィス様は湯から上がり、浴槽の縁に腰掛けた。彼が右手をくるくると動かせば、わたしの体がふわりと浮かび上がる。

「えっ……あ、あのっ？」

下ろされたのはトラヴィス様の膝の上だ。彼と同じほうを向いている。沈みゆく夕陽が、よく見える。

「あれ……？」

どこからともなく涼やかな風が吹いてきた。

「もしかして魔法で風を送ってくださっています？」

「うん」

見えない冷風機だ。贅沢極まりない。

「なにからなにまで……申し訳ございません。ありがとうございます」

「気にしないで。それにお礼は、いまから貰う」

後ろから伸びてきた彼の両手がふたつの膨らみをむぎゅっと大きく掴む。

「ひゃっ！」

突然のことに驚いて声を上げると、トラヴィス様はくすくすと笑った。

「さっきもたくさん触ったけれど……ごめん、まだ足りない」

湿った首筋に熱い息が吹きかかる。

「ん、ふ……っ。う……んく、ぅ……」

足りないのは、わたしも。

絶頂に達したはずなのに、下腹部はもうずっと期待している。ふたりともまだ湯に濡れているから、足の付け根から蜜が溢れていることはきっとごまかせるはずだ。

トラヴィス様はわたしの首を強く吸い立てて所有印を刻みながら、ふたつの膨らみをぐるぐると、大きな動きで揉みしだく。

彼の両手はもとより滑らかだけれど、温泉のとろりとした湯がまだ彼の手にも胸にも残っているからか摩擦が少なく、こうして揉まれているだけでも気持ちがよかった。

そして先ほどとは違い、トラヴィス様はすぐに膨らみの頂に触ってくれる。

「あっ……ん、あぁっ、う」

指先が薄桃色の尖りをつん、つんっと下から押し上げる。摩擦は大きくないはずなのに、その箇所が敏感になっているせいか、指の感触をまざまざと思い知らされる。

魔法で冷たい風を送られていてもいっこうに体が冷めないのは、胸の先端を擦られることで全身が熱くなっているせい。

「マリアの肌、火照ったままだね」

そんなふうに言われるとますます熱を帯びる。

トラヴィス様が長い指で触るから、甘い声で囁くから全身が火照るのだと、彼は自覚しているだろうか。

じっとしていられなくなって頭を上下させれば、夕陽が目の高さまで下りてきているのがわかった。

湯けむりの向こうに沈む太陽の眩さに目を細める。美しい夕陽を眺めながら、悦いところに触れてもらえる。なんて贅沢なのだろう。

「トラヴィス様……」

もうずっと、お尻に硬い一物が当たっている。求められて嬉しいのと同時に、膨らみきったままいつまでも放置しておくのは辛いだろうとも思う。

わたしはこんなによくしてもらってるのに。

彼は「ん……」と、低く唸って指を振った。ほんの少しだけ体が浮き、またすぐトラヴィス様の膝の上に収まる。

座る位置が後ろへずれたことで、彼の淫茎が脚のあいだに顔を出した。

「い――」

わたしはとっさに口を押さえて言葉を呑み込む。

挿れないんですか……なんて、訊いちゃだめでしょ！

いくら夫婦になったからといって、そこまで明け透けにはなれない。

でも、このままじゃトラヴィス様が辛いから……ええと、こうかな。

両脚に力を込めて雄物を挟んでみると、後ろから「んん」と艶めかしい声が聞こえた。

「締め上げるのが……上手だね」

たっぷりの吐息を含んだ囁き声が耳朶をくすぐる。脇腹のあたりが甘く戦慄いた。

褒められて嬉しくなり、心地よさが増す。

トラヴィス様は乳房の先端を丹念に捏ねながら腰を上下させ、わたしの秘所を淫茎で擦る。

「あ、んっ……はぁ、う……んぅ」

しだいに彼の一物がぬめりを帯びてきた。わたしの中から溢れた蜜のせいだ。

いっそう滑らかになったからか快感も膨れ上がる。

「マリアは全部が柔らかいから、ずっと触っていたくなる」

太ももから腹部、脇腹を通って膨らみの上までじっくりとなぞり上げられた。

トラヴィス様は柔らかさを確かめるように、両手で繰り返しわたしの肌を撫でまわす。

「いまは、擦るだけにしておくね。マリアはのぼせているから、中には……やめておいたほうがいい」

まるで自分に言い聞かせるような口ぶりだった。「擦るだけ」というのは、わたしの秘芯についてなのだろう。

ちらりと振り返れば、彼は唇を引き結び、耐えるような表情を浮かべていた。我慢させていることが心苦しくなる。

「トラヴィス様が風を送ってくださったので、もう暑くありません」

「それは……マリアの熱くて狭い場所に、私が入ってもいいということ？」

指し示すように、下腹部をトントンと軽く叩かれた。わたしは小さく頷く。

思わず言っちゃったけど、これってすごく恥ずかしいことなんじゃ……。

いまになって慌てふためいていると、耳元で「こっちを向いて」と囁かれた。

甘い声に誘われるようにして身を捻り、体ごと彼のほうを向く。彼に跨がる格好になった。

どうにもいたたまれないけれど、お互いに座ったまま繋がり合うにはこうするしかない。

それまで抱いていた羞恥心は、彼の嬉しそうな顔を間近で見たことで吹き飛ぶ。

なにかに夢中になっているような、とろんとした表情を浮かべて、トラヴィス様はわたしの腰を両手で掴んで持ち上げた。

そのあとは、雄杭が蜜壺の中へ収まるようにじっくりと下ろされる。

「んっ……ふ、あぁ、あっ……！」

　硬い楔が、蜜襞を抉るようにして突き上げてきた。内側の形や濡れ具合を確かめるように、トラヴィス様は楔を左右に揺する。

　その動きだけでも気持ちがいいのに、乳首や淫核も指で刺激されるものだから、たまらなくなって彼の肩を掴んだ。トラヴィス様の肌はしっとりとしていて熱い。

「辛くない？　どれだけでも強く掴んでいいからね」

　わたしはいやいやと首を振る。

「辛く、なんて……ない、です。んっ、うぅ……気持ち、い……っ」

　楔は先ほどからずっと疲れ知らずで媚壁を擦っている。

ついこのあいだまで、彼の裸を見るだけでも心臓が壊れそうになっていたというのに、いまはどうだろう。熱い硬直で突き上げられて悦んでいる。

「……私も。マリアの中……気持ちがよくて……どんどん、乱したくなる」

　下から揺さぶられ、乳房がぶるぶると弾む。

「美味しそう」

　彼がどこのことを言っているのか、初めはわからなかった。

　ところが胸の片方を掴まれ、その先端をぺろっと舐め上げられたことでようやくわかる。トラヴィス様が狙いを定めているのは胸の蕾なのだと。

トラヴィス様がわたしを見上げ、肉厚な舌で薄桃色の棘をれろれろと舐めまわす。

舌を這わせながらでも律動はまったく勢いを失わない。

全身に涼やかな風が当たっているのは、トラヴィス様がいまだに魔法を行使してくれているからだろう。

彼は手先だけでなくすべてが器用だと、いつも思う。

トラヴィス様が胸の尖りをちゅうっと吸い上げる。そのあとで「マリア」と呼びかけられた。

切なげに寄せられた眉と、こめかみから流れる汗。

山の向こうへ沈む太陽の光が彼を彩る。

「愛しい——」

その表情には余裕がなく、声も掠れていた。繋がり合っている箇所がじいんと熱くなる。

「あ、ぁっ……はぅう、ぅ……！」

下からの揺さぶりが激しさを増す。

愛しさとともに、焦熱は際限なく膨れ上がっていった。

第四章　バッドエンドは絶対に回避したいです

視察先の湯浴み場で繋がりを持ったあと、マリアはすぐに眠ってしまった。

私は新妻の柔らかな体を横向きに抱きかかえ、テラスドアを通ってベッドへ運んだ。

そっと寝かせたあとは、手近にあったタオルで彼女の体を拭く。

いちばんに乳房の雫を拭ったのは、不埒な欲求の表れに違いない。

むくむくと勃ち上がってきた己には気づかないふりをして、マリアの体をタオルで撫でる。

濡れたままでは風邪を引いてしまうかもしれない。

魔法で水気を飛ばすことはできるものの、自分の手で触れながら雫を拭き取りたかった。

マリアが起きていたら、どう言うだろう。

気持ち悪いからやめて……と、手を振り払われるかもしれない。そんな自覚がありながらも、タオル越しに彼女の全身を撫でるのをやめられなかった。

マリアはきれいで、かわいくて、愛おしい。

思い起こせば、まわりに少しも媚びない彼女には初めから好意を抱いていた。

彼女は、上辺だけを取り繕う者とは一味も二味も違う。物事の本質を捉え、有機的な結びつきを重んじ、懸命に自分の役割を果たそうとする。

きっかけはマリアンフラワーだったが、すぐ彼女自身に惹かれていった。

くすぐると蜜を湛える足の付け根にタオルをあてがう。

淫唇へのキスを、マリアはいつ許してくれるだろうか。

恥ずかしいから嫌だと言う彼女がかわいすぎて、いつも理性が吹き飛びそうになる。

いつか無理やりそこへくちづけて、嫌われてしまいそうで怖い。

私は、マリアが穏やかな寝息を立てているのを確認して足の付け根に唇を寄せる。

太ももの内側にそっとキスをすれば、マリアは「ん……」と小さく唸った。

秘めやかな裂け目はまだ蜜に濡れている。壁掛けランプの明かりを受け、てらてらと光っている。

その秘裂を舌でなぞり上げたい衝動に駆られた私はごくっと喉を鳴らし、身を屈める。秘所へと顔を近づけたあとで我に返り、慌てて視線を逸らした。

自分の理性がこうも脆弱(ぜいじゃく)だとは思ってもみなかった。

眠っている彼女の体に許可なく触れるだけでも問題だというのに、マリアが嫌がる『淫唇へのキス』を実行しそうになっている。

私はマリアに掛け布を被せてからベッドを離れ、ナイトローブを羽織り、長椅子に腰を下ろした。相変わらず下半身が猛り狂っているが、徹底的に無視する。

何気なく右手を掲げて見つめる。

マリアが、いまとはまったく違う世界で生きていたこと、自分は創られた存在なのだという
ことにはかなり驚いたが、落胆はしない。

彼女の温もりも柔らかさも、確かに感じるから。

マリアも自分も、この世に確かに存在しているから。

恐れは抱かない。マリアとの未来を見据えて進むのみだ。

だがそのためには準備と対策が肝要になってくる。

一切の脅威からマリアを守るため、ずっと彼女のそばについていたいが、カーライル家の事
業や国政との兼ね合いにより、そうはいかない。

とりわけ国政に関して、いまは視察という名目の『とある調査』のため城へ顔を出さずとも
許されているが、もうしばらくすれば城への呼び出しが激増することだろう。

『とある調査』というのは、アトリー侯爵についてだ。

マリアから、侯爵令嬢のジェナが悪役だと聞いて納得した。

侯爵は魔法を無効化する研究を密かに行い、謀反を企てているとの疑いがある。よって動向
を探るように——と、王太子マヌエルから密命を受けているのだ。

あちらこちらへ視察に行く体で、魔法が無効化された事案はないか従者に適宜、聞き込みを

させている。「手筈どおりに」というのが合い言葉だ。

現時点では目立った事案は発生していないものの、アトリー侯爵が秘密裏に建設している塔があり、その用途がはっきりしないのだ。いかにも怪しい。

謀反の拠点にするつもりかもしれない。押さえておかなければ。

心身ともに落ち着きを取り戻したところで私は長椅子から立ち、マリアのそばに立った。

瞼を閉じて眠る顔はまだ少しあどけない。これほど可憐なのに世の理をよく知っているのは、前世を含めれば自分よりも彼女のほうが長く生きているからだろうか。

その反面、先行きがわからず不安そうにしていた。

私が城へ出張っているときも、常にマリアのそばにいるのと同じ状態にするには……。

あれしかない。

ふたたびベッドを離れ、テラスドアから外へ出る。

このあたりでは瑪瑙が採れるはずだ。

目を閉じて、周辺地層の物質を探索していく。瑪瑙を見つけては一度組成を壊し、掲げた手のひらの上で丸く再形成して研磨する。

瑪瑙の赤い粒が五十個ほど集まったところで、今度は木から糸を作る。

可能なかぎり柔らかく、ある程度は強度が保たれるぎりぎりのところで糸を生成し、そこへ瑪瑙の玉を通してどんどん繋げていった。

瑪瑙の玉を一本の糸で繋ぎ終えるなりテラスドアからマリアのもとへ行き、彼女の首に赤いネックレスをあてがった。玉の端と端を魔法で繋ぎ合わせる。

頭から抜くことのできないサイズだから、外すには引きちぎるしかない。

そして引きちぎれば自動的に魔法が発動し、マリアのそばへ空間移動して瞬時に駆けつけることができる魔法を施した。

少しでも身の危険を感じればすぐにネックレスを引きちぎるように、彼女が目覚めたら告げよう。

私はベッド端に腰掛けて、マリアとネックレスを眺めていた。

掛け布が邪魔だ。

彼女に掛け布を被せたのは自分だというのに、邪魔に感じて下へずらす。勢いよく引っ張ったせいで、乳房と足の付け根の両方が露わになった。

私は口元を押さえて、赤いネックレスと形のよい乳房、秘めやかな足の付け根を何度も見まわす。

一糸まとわぬ美しい姿には赤い瑪瑙がよく似合っていた。卑猥で、官能的で、すぐにでも敏感な箇所を弄りまわしたくなる。ドクッ……と、一物が脈づいた。

これ以上、彼女を眺めていてはまずいと思うのに、掛け布を被せる気がまったく起きない。もっとじっと見ていたいと思ってしまう。

このネックレスは彼女を守るための道具だが、これでは首輪だ。腕に嵌めるのでもよかったはずなのに、つい露骨に所有欲を出してしまった。

「……マリアにどう言いわけしよう」

私は頭を抱え、情欲を剥きだしにしたまま彼女のすぐそばに突っ伏した。

＊＊＊

温泉地『天国』での視察を終えた帰り道。トラヴィス様が「妖精の森まで行ってみようか」と言うので、わたしは喜んで同行する。

馬車を降りれば、前世の北欧を思わせる森が目の前に広がっていた。

いかにも妖精がたくさんいそう！　だけど……見えないんだよね。

魔法を使うときは必ず妖精に手助けしてもらうから、確かに存在しているはずだけれど、だれもそれを視認できない。

目を凝らせば妖精が見えるようにならないだろうかと試していると、トラヴィス様が従者たちに、例のごとく「手筈どおりに」と告げた。従者たちは低頭し、散っていく。

「トラヴィス様？　その……『手筈どおりに』というのはどういう意味でしょう？」

「これから私とマリアはふたりきりでいちゃいちゃするから、しばらく放っておいてほしいという意味だよ」

「ええっ⁉　そ、そんな意味だったのですか——」

羞恥心が大波のように押し寄せてくる。わたしがなにを考えているのかお見通しらしく、トラヴィス様が言いわけをする。

「私たちは新婚で、ほかの時間はお互いに忙しく働いているのだから……少しくらいふたりきりにしてもらわないと、ね」

わたしは口に手を当て、少しためらったあとで言う。

「トラヴィス様がお忙しくご活躍されているのは、わかります。でも……その、わたしとの時間を取るためにとなると、お付きの方々に申し訳ないというのが正直なところです」

下を向いていると、頬を撫でられた。大きな手に促されるまま顔を上げる。

「マリアは優しいね。……けれど大丈夫。彼らは彼らでいまのうちにすることがあるし、それ以外は彼らもきちんと休んでいるから」

「そう……ですか」

それでもまだ後ろめたい気持ちが拭えないでいると、突然左手を取られた。

「さあ、行こう。妖精の森には珍しい花が咲いているそうだよ」

「珍しい花⁉」

「……目の色が変わった」

トラヴィス様がしたり顔で笑うものだから、わたしはなにも言えずに、赤い頬を隠すべく視線を地面へ向けた。

そうすることで小さな草花が目に入る。赤や黄色の小花を追うようにして、わたしはトラヴィス様と一緒に妖精の森へ入った。

白樺の木は、前世で実際に見たことはなかった。

細長い木々の合間を通り、木漏れ日の中をどんどん進む。

「ところでマリアが前世で過ごしていたのはどんなところだったの？」

いままさに前世日本を思いだしていたわたしはすぐに言葉を返す。

「こういう景色は、わたしが住んでいた場所では見られなかったのですが、テレビとかスマホの画面上ではいくらでも見ることができました」

「ガメン、ね。以前もマリアはそのことを話していたよね。テレビ、スマホというのはなにかの装置で、ガメンは人や景色を映しだすもの、という解釈で合っている？」

「はい、そうです。画面の向こうのトラヴィス様は本当に麗しくて、麗しすぎて、わたし……全然画面を触ることができなかったんです」

トラヴィス様はにいっと笑うと、繋いでいた手を引っ張ってわたしの体を抱き寄せた。

「私はいま、ここにいるのだから。いくらでも触ってほしい」

彼の胸に飛び込む格好になったわたしは全力でうろたえる。

「い、いえっ……だって、妖精たちが見ているかもしれないですし！」

するると、くすくすという笑い声が聞こえた気がした。トラヴィス様のものとは違う。もっとずっと高い声だった。

「いま、なにか声が——」

言い終わらないうちに突風が吹く。わたしは「きゃっ⁉」と叫びながら目を瞑った。

急に肌寒くなったので目を開ければ、トラヴィス様がこちらを凝視していた。

わたしはゆっくりと自分自身へ目を向ける。

ドレスを、いまのいままできちんと着ていたはずだった。

「え、えっ……な、なんで⁉」

淑女らしからぬ声を上げ、両手で胸を押さえる。

身につけていたはずのドレスもコルセットも、下着の類もすべてがなくなって、残っているのは首のネックレス——トラヴィス様がクラフトしてくれたもの——だけだった。

「……いい眺めだ」

真顔で呟き、トラヴィス様はネックレスの赤い瑪瑙を指で弄ぶ。

「〜〜っ、トラヴィス様……！」

彼が、意地悪で服をどこかへ隠してしまったのだろうか。

わたしは涙目になりながらも、問い詰めるようにトラヴィス様を見上げた。

責められているのだと気がついたらしい彼が目を瞠る。

「ごめん、つい。けれど私がしたのではないよ。おそらく妖精のいたずらだ」

「妖精の……」

目には見えないけれど存在するのだということを、こんな形で実感することになるとは。

妖精たちが見てるかも――ってわたしが言っちゃったから、それが刺激になったとか？

「待っていて、いま服を作ってあげる」

トラヴィス様は手を振り上げたものの、その手をぴたりと止めた。

「あの……？」

「……うん」

なにかいたずらを思いついた少年のように口角を上げ、トラヴィス様は大きく指を振る。

ザアァッと、音がするくらい瞬時に花びらが集まってきて、わたしの体を覆っていく。

「――よし、これで大丈夫」

「だっ……大丈夫じゃありません！」

肩や腕は花びらが袖になって隠れているものの、乳房の部分にはぽっかり穴が空いている。

下半身にしても太ももや膝は花びらで覆われているけれど、足の付け根にはなにもない。大切な箇所は丸見えのままだ。

「なにか問題が？」

笑いながら、トラヴィス様は自身の黒いハーフグローブを外す。肌に触れられるのを予感してぞくりとする。

「問題だらけです！　お願いですから、もっと全身を隠せるようにしていただけませんか？　そうでなければわたし、馬車へ戻れません」

「森へはきたばかりだ、まだ戻らなくていい。ふたりだけで過ごそう？　光や音を含めたあらゆるものを跳ね返す結界を張ったから安心して。きみの淫らな姿は私しか目にしない。妖精にだって、見えないよ」

それならなんの問題もない――と、つい流されそうになった。

「そういうことではなくて……！　だってまだ、こんなに陽が高いのに……」

「陽が高いのに、淫らなことをするのは嫌？」

美しすぎる顔で覗き込まれては、口を噤むしかない。嫌だとは、思わないのだ。恥ずかしいだとか背徳的だとかいうことを抜きにすれば、全身が快楽を期待している。

妖精のいたずらで裸にされちゃったときから、心のどこかで期待してた――かも。

なにも言えないでいるわたしの頭を、トラヴィス様が何度も撫でる。

「森でなんてことをするんだ――って、妖精たちが怒るかもしれないけれど。私の大切なマリアにこんないたずらをする彼らのほうが、いけないんだ」

わたし自身と、それから花の香りを楽しむように、トラヴィス様はわたしの肩に顔を埋めて大きく息を吸い込む。

　剥きだしの胸をふたつとも掴まれ、ぐにゃんぐにゃんと大きく揉みしだかれた。

「やっ、あぅ……んっ……！　トラヴィス様、待って……くださ……」

「んん……。なにを待てばいいの」

「これ……たぶん、二番目のイベントです……っ」

　だからなんだと言われたらそれまでだ。それでも、口に出さずにはいられなかった。

「こういうイベントなら大歓迎だけれど？」

　彼の両手にますます力がこもる。そうして胸を揉まれ、体にくっついていた花びらが一枚、また一枚と散っていく。

　トラヴィス様は花びらの一欠片をつまみ、わたしの乳首に押し当てる。

「ひ、あっ……」

　じかに触れられるのとは異なる感触だった。しっとりとした花びら越しに薄桃色を擦られると、甘い香りと快楽がいっそう強くなる。

　彼に腰を支えられていても、快感で両足が小さく震え、立っているのが辛くなってくる。

　するとトラヴィス様はわたしの腰に手を当てたまま、花畑の真ん中にそっと押し倒した。

　背中や腕にはもとから花びらがびっしりとくっついていたので、こうして地面に寝転がっても痛くはなかった。

花々に埋もれるわたしを見てトラヴィス様はしみじみと言う。

「花の妖精がいる」

彼は感慨深そうに長く息をつき、なおも花びら越しに胸の尖りを押す。

「ん、ふ……うぅ……っ」

「乳首が気持ちいい?」

正直に答えるのは恥ずかしいものの、ごまかすのは嫌だった。恥を忍んで「き、気持ち……い、です」と返す。

「そう――じゃあもっと弄ってあげるね」

身悶えするわたしの顔をじろじろ眺めたあと、トラヴィス様は上体を低くして胸の先端をぺろんっと舐め上げた。わたしが「ふぁあぅっ!」と大声を上げても、まったく気にしないようすで舌を動かしている。

「あっ、あ……はぁっ、ん……!」

ざらついた舌が敏感な棘を右へ左へと嬲り倒す。もう片方の乳首には花びらが押し当てられたままだった。舌と指は遊ぶようにふたつの蕾をくすぐる。

そんなふうにされると、いやがうえにも足の付け根から蜜が溢れる。

零れでる蜜の存在を察知したように、彼の右手が下腹部へ向かう。

「ひぁっ、う……っ」

溢れる蜜を指先で掬われ、淫唇に塗り広げられる。すりすりと何度も割れ目を辿られると、下腹部がビクッ、ビクッとひとりでに上下した。

チュチュン、チュン……と、どこからともなく鳥の囀りがした。

ここ——森の中、なのに。

いまさらだ。そんな背徳感は、快楽に拍車をかけるだけ。自分の首を絞めるようなものだ。

ちゅうっという大きな水音を奏でながら胸の先端を吸い上げたあと、トラヴィス様は顔を上げてわたしの全身に視線を這わせた。

そうして目を動かしながらでも、両手は胸と足の付け根でそれぞれ秘所を弄り続ける。

そんなつもりはないのに肩が揺れて、両足をばたつかせてしまう。

「きみが体を揺らすたび花びらが舞う。すごくきれい、だから……もっと乱れているところが見たい」

欲望を剥きだしにして、トラヴィス様は長い中指を隘路に沈める。

「んぅ、あっ……あ、ふぁっ……うぅ」

濡襞を押し広げるようにして指は狭道を進むものの、奥へはいかずに止まってしまう。

「ふ……っ？」

彼の指が内側で折れ、お腹側を擦りはじめる。なにかを探るようにじっくりと、指は一定のリズムで前後する。

「や、あっ……それ……なんだか、おかし、い……っ！」

快感と同時に焦燥感が募る。このままそこを擦られていたら、なにかとんでもないことになりそうで恐ろしくなる。

「大丈夫だから……マリア。体の力を抜いて？」

言いながらトラヴィス様は胸の蕾を指で扱き上げる。そこへの愛撫はすっかり慣れてしまっているせいか、安心感すら覚える気持ちよさだった。

それでも、恥骨の裏側あたりを指で押されるといたたまれない。

「なにか、ぁっ……きて……る……っ」

込み上げてくるものを、自分の意思ではまったくコントロールできない。ただ、このままではいけない気がして必死に抑え込もうとする。

「マリア？　我慢しなくていいよ――」

甘やかな言葉がわたしの砦を崩す。

「あ、あぁあああっ――……！」

彼の指に押されて快楽が突き抜けた。淫唇から半透明の液体が噴出して、花々を濡らす。

呼吸は乱れ、全身に汗をかいていた。なにが起こったのか理解できずにうろたえる。

もしかして、これ……潮吹きっていう……？

やっと自覚したところで、彼がにこりと笑った。

「たくさん出たね」

濡れた指を舐めるトラヴィス様の官能的な姿は、ただでさえ羞恥に悶えるわたしには完全に追い打ちだ。全身を業火で灼かれたようになる。

真っ赤になってしまったであろう顔と体を少しでも隠したくて、わたしはごろんと寝返りを打ち、うつ伏せになった。

その背を、彼の長い指が撫で上げていく。花びらがひらひらと散っていくのが感覚でわかる。

「入っていい？　マリアの……蜜溜まりに」

背を撫で上げるのとは別の手で秘裂を摩られたらなおのこと、ねだられているのだと思い知る。断る道理のないわたしはこくこくと二度、頷いた。

腰を掴まれ、軽く引っ張られる。自然と膝を立てる格好になった。

金属ベルトを外すカチャカチャという音が後ろから聞こえた。

蜜口と花芽はヒクヒクと小さく震えながら雄を待つ。

衣擦れの音が聞こえた。トラヴィス様がトラウザーズと下穿きを下ろした音だろう。

間もなくして、大きなものを切ない箇所に突き立てられる。

蜜を掻きわけるように、あるいは纏うようにして一息に彼が入ってきた。

「ふぁあああっ……！」

森の中で、獣が交尾しているみたいだ。硬いそれに後ろから貫かれている。

膨らみきった雄物はすぐに最奥までやってきて行き止まりを穿つ。

いきなり、激しい。

トラヴィス様、すごく興奮していらっしゃる？

欲情されていることが嬉しいのに、初めからこの調子だと最後まで身が保たないかもしれないと心配にもなる。

「マリア、マリア……っ、ごめ……止まら、ない」

「んっ、はぅっ……う、あぁっ……トラヴィス、様……あ、ぁっ」

前後に揺れる乳房の先端をぴんっ、ぴんっとひっきりなしに弾かれる。そうして快感を高められると、身が保たないかもしれないなんて心配は瞬時に吹き飛んだ。

ほかのことがまったく気にならなくなるほど快感一色に染まる。体の内側を硬い熱情で掻き乱されるこの行為を、いつからこんなに好きになったのだろう。

彼が大きなスパンで楔を動かすから、ぐちゅっ、ぐちゅっと水音が立つ。そうかと思えば連続して最奥を穿たれた。

激しい律動で花びらが舞い上がる。目の前をふわふわと飛ぶ花びらの美しさに目を奪われたのも束の間、それまでよりももっと強い快楽に見舞われる。

「もう、だめ……っ、わたし……あぁ、あっ、きちゃう、もうっ……ふぁああ……！」

わたしの絶叫に合わせてトラヴィス様は欲塊を引き抜いた。

白濁が自分の背中に広がっていくのを感じる。トラヴィス様に征服されているみたいで嬉しい、なんて思ってしまう。

「は、ぁっ……」

トラヴィス様の熱い吐息が、ひたすら心地よい――。


視察を終えてカーライル邸に戻った翌日。わたしとトラヴィス様はデイラ城へ赴いた。

というのも、王太子マヌエル殿下とその妃チェルシー様から城での茶会に招待されたから、である。

デイラ城は白い壁に青い屋根が特徴的だ。ドキロマのオープニングでは、城の広大な庭が華々しく描かれていた。

トラヴィス様ルートではカーライル領がメインフィールドだったので、デイラ城は前世でもほとんど見たことがなかった。

そのトラヴィス様ルートすら序盤しかプレイしていないから、城にはなおさら馴染みがない。

デイラ城のポルトコシェールで馬車を降り、庭へ直行する。

キングサリの黄色い花が連なったトンネルを抜ければ、紫色のラベンダー畑が広がっていた。

わたしは大きく息を吸い込み、ラベンダーの爽やかな香りを満喫する。

侍従の案内で到着したのは、城の造りとそっくりな青い屋根のガゼボだった。遠くに見える緑色の生け垣はおそらくヘッジ迷路――生け垣が壁になっている立体的な迷路――だ。

ガゼボにはすでにマヌエル殿下とチェルシー様がいた。

茶会といっても大規模なものではなく、わたしとトラヴィス様のほかにゲストはいない。

ごく内輪の茶会だから、カーライル家からはひとりも従者や護衛を連れてこなかった。トラヴィス様はそれだけマヌエル殿下を信頼しているのだろう。

「トラヴィス、それにマリア。ようこそデイラ城へ」

黒い髪に碧い瞳の王太子マヌエル殿下が、きりりとした笑みを見せる。そばにいたチェルシー様は「おふたりとも、どうぞお座りになって」と、わたしたちに着席を促した。

すごい……マヌエル殿下もチェルシー様も、ドキロマに出てきたとおり!

ううん、ゲームよりもっと美男美女かも。

今世では初めて会うというのに、妙に親近感を覚えた。

わたしとトラヴィス様はそれぞれ挨拶をしてガーデンチェアに座る。

城の侍女たちが紅茶を淹れ、少し離れたところへ下がるなり、マヌエル殿下はトラヴィス様へ鋭い視線を向けた。

「運命の人に出会ったとか言うから、ここしばらくは城に顔を出すのを免除していたが。そろそろ国政に戻ってきてもらわなければ困るな」

その一言で、トラヴィス様がマヌエル殿下に必要とされているのがよくわかった。

トラヴィス様はわたしと出かける時間を取ってくださっていたから……。

そのせいで城へ行くことができなかったのだとは、まったく知らなかった。

謝ろうとしていると、先にトラヴィス様が口を開く。

「マリアはなにも悪くないからね。自分でなんとかできないマヌエルがいけないんだ」

「王太子に向かってよく言う――が、まあ事実だ。おまえがいないと進まない事案が多い。わかるだろう？　おまえほど優秀なやつとなると、なかなか代わりがいないんだ」

そう言うなりマヌエル殿下は悩ましげに頭を抱えた。

「そういうわけでトラヴィスに相談したいことがある。例の件だ。こちらへ」

「マリア以外と至近距離で話をするのは嫌なのだけれど、仕方がないね。マリア、悪いけれど少し待っていて」

息をつき、トラヴィス様はガーデンチェアから立った。従者のひとりがマヌエル殿下のすぐそばにガーデンチェアを動かしたので、トラヴィス様はそこへ腰を下ろす。

トラヴィス様もマヌエル殿下も、真剣な顔でなにか話し込みはじめた。

「せっかくのお茶会だというのに、マヌエルはお仕事のことしか頭にないのだから。私たちは楽しく話をしましょうね、マリア」

そう声をかけてくれたのはチェルシー様だ。目の覚めるような銀色の髪に、大きな緑色の瞳が印象的な正統派ヒロインである。うん、やっぱりかわいい。

「ケーキもいただきましょう？　たくさんあるから、目移りしてしまうわね」

チェルシー様はうきうきとしたようすでケーキスタンドを眺めている。

「本当、どれも美味しそうです」

「マヌエルたちのぶんなんて残しておく必要ないわ。私たちで食べてしまいましょう」

わたしは笑いながら「そうですね」と相槌を打った。

チェルシー様って、こういう人だったんだ。

親しみやすいし、話しやすい。王太子夫妻との茶会ということで緊張していたけれど、すっかり解れた。

わたしとチェルシー様は片っ端からケーキを口にした。

満腹になったところで話に花を咲かせる。

「それにしても、カーライル公爵が妻を溺愛していらっしゃるという話は本当なのね。あなたになにかあればこの国は滅んでしまうわ」

「そのような……国が滅ぶだなんて」と、わたしは笑いながら返す。

「あら、冗談ではないわよ。カーライル公爵は頭も切れるけれど、魔力量や魔法を駆使する技術も国内――いいえ、全世界でも類を見ないほど卓越しているもの」

チェルシー様は紅茶を飲み、カップをソーサーに戻してまた話を続ける。

「現に、カーライル公爵以外が転移魔法を使っているのを見たことがない。あれは、ヒトやモノの元素をいったん破壊して再構成するという魔法なの。そうして空間を瞬時に移動することができるのよ」

なにそれすごっ――って、それじゃあ……トラヴィス様ってもしかして隠れチートキャラ!?

彼は、ほかの攻略キャラクターのルートでも活躍することを前世で小耳に挟んだことがある。

「マヌエルはそんなカーライル公爵にべったりだから……少し妬けてしまうわ」

心底憂鬱そうにチェルシー様は俯いてため息をついたものの、顔を上げるころには一変して満面の笑みになっていた。

「だから仕返しに、私はあなたと仲良しになりたいの。いいかしら?」

「は、はいっ。光栄でございます」

「ありがとう。マリアは素直なのね」

ぎゅっと手を握られる。チェルシー様がこんなに人なつっこいのだとは思ってもみなかった。

その後もわたしはチェルシー様と世間話をした。今世では屋敷に引きこもってマリアンフラワーの開発に励んでいたので、久しぶりの女子トークだ。楽しい。

小一時間ほどが経つとチェルシー様が離席した。トイレかなにかだろう。するとトラヴィス様もまたガーデンチェアから立った。わたしのほうへ足早に近づいてくる。

「チェルシー様となにを話していたの？　手を握られて……やけに親密な雰囲気だったよね」

トラヴィス様はマヌエル殿下と熱心に語り合っていたけれど、こちらのことも気にかけていたらしい。わたしは「あ、ええと」と言葉を濁す。

トラヴィス様はほほえんでいるものの、目が笑っていない。視線でも追及されている。

「その……仲良くなりたいと言っていただきました。すごく嬉しかったです」

「仲良く、ね……。ふうん、そう」

まるで拗ねた子どものような口ぶりに、おかしくなってしまう。

そこへチェルシー様が戻ってくる。

「あら、殿方の込み入ったお話は終わったのかしら？　それならヘッジ迷路へ行きましょう。ねえ、マリア」

「はい、ぜひ」

チェルシー様が離席する前に、デイラ城のヘッジ迷路はとても複雑で面白いのだと彼女から聞いていた。

チェルシー様と話をしているだけでも楽しいけれど、せっかくなので迷路も体験してみたい。

トラヴィス様は棒読みで「そうですね」と返す。どことなく不機嫌だ。

マヌエル殿下もやってきて、皆で生け垣のほうへ歩く。

ヘッジ迷路のそばまでくると、チェルシー様はドレスの裾を翻してくるりと一回転した。

「マヌエルとカーライル公爵は、反対側からいらして。中央で待ち合わせよ。どちらの組が先に辿りつけるかしら。もちろん私とマリアは負けないわ」

彼女の楽しげなようすを見て、わたしの心も弾む。

いっぽうトラヴィス様は不服そうな顔をしていたものの、マヌエル殿下に促される形でヘッジ迷路の反対側へ歩いていった。

「さあ、こっちよ」

わたしとチェルシー様は軽い足取りで迷路へ入る。

「チェルシー様は、この迷路へは何度も入られたことがおありなのですか？」

「いいえ、一度だけよ。けれどそれはマヌエルも同じだから、きっといい勝負になるわ」

ヘッジ迷路の生け垣は背よりもだいぶん高い。トラヴィス様もマヌエル殿下も長身だけれど、彼らの頭も見えないくらいだ。

「ところでマリアは、ずっと花の研究をしていたのよね？」

「はい、そうです」と頷けば、チェルシー様は顔を輝かせた。

「私、かわいいものが大好きなの。時間があるときでかまわないから、私のためになにか作ってくれないかしら？」

「ありがとうございます、喜んで！」

それからわたしはチェルシー様の好みを聞いた。なにを作るか、いまから楽しみだ。

ふたりとも話に夢中になっていた。迷路の中央を目指すという目的はすっかり頭から抜けてしまう。

「……あら？」

気づけば、迷路の中央どころか外へと出てしまっていた。

「ここは出口ね。道を間違えてしまったわ。急いで戻りましょう」

チェルシー様が踵（きびす）を返そうとする。

「――お待ちください、王太子妃様」

声がしたほうを振り向けば、薄水色のドレスを着たジェナ様がいた。ドレスの色のせいか、雰囲気が冷たい。

そういえばジェナ様って、氷魔法の使い手なんだっけ。

思い起こせば彼女に初めて会ったときも、自ら「強力な氷魔法の使い手」と豪語していた。

ジェナ様は膝を折り、淑女のお辞儀をしたあとで言う。

「わたくし、今日はマリア様がお作りになった花について王太子妃様にお話をしたく、参りましたの。まさかマリア様もご一緒にいらっしゃるとは思いませんでしたけれど」

そのわりにジェナ様は、わたしがいることに驚いていないようだった。

マリアンフラワーについて、チェルシー様に話をしにきた――って、どういうこと？

とたんに嫌な予感がする。悪役令嬢という役回りのジェナ様だ。どう考えても好意的な内容ではない。

「マリアンフラワーは、周囲に害を与えますわ」

ジェナ様の口から放たれた明瞭な一言が、わたしの背筋を凍らせる。

「なにを根拠にそのようなことを？」と、チェルシー様が険しい声で尋ね返す。

わたしもジェナ様に詳細を聞きたいところだけれど、ジェナ様はあくまでチェルシー様に話をしているので、口は挟めない。

「証拠でしたら、わたくしの屋敷にございます。おふたりでお越しいただけますか？」

「いいわ。行きましょう、マリア」

「い、いまからでございますか？」

突然のことに驚いて、上ずった声が出た。

ヘッジ迷路のほうを見遣ったものの、トラヴィス様の姿はなかった。まだ迷路の只中にいるのだろう。

「ええ。一刻も早く潔白を証明いたしましょう！　あなた、マヌエルたちに伝言をお願い」

そばにいた従者のひとりに言付けると、チェルシー様は小声で「きっとジェナの勘違いよ」と耳打ちしてくれた。わたしは「ありがとうございます」と返して、ジェナ様に目を向ける。

チェルシー様はこう言っているのだし、そろそろわたしが発言しても許されるだろう。

「ジェナ様、お尋ねしてもよろしいですか。マリアンフラワーのなにが、どのように有害なのでしょう？」

わたしとしては、催淫作用のあるブートニアを作ってしまった前科があるので不安しかなかった。

「いまはお答えできませんわ。見ていただいたほうがよろしいかと」

ジェナ様はすました顔をしている。いや、自信満々のようにも見える。

チェルシー様の護衛と一緒にデイラ王家の馬車に乗り、アトリー侯爵邸へ向かう。

城から馬車で十五分ほどのところにアトリー侯爵邸があった。

侯爵邸は特筆すべきところのない、ごく一般的な貴族の邸宅だった。

屋敷内へ入ると、チェルシー様だけが応接間に通された。城から一緒にきていた護衛は皆がチェルシー様についていった。

そうしてチェルシー様と別れるなり、ジェナ様はメイドにドレスの裾を払わせていた。

汚れているところなんてないと思うけど。埃すらついてるのが嫌なんだろうな。

やっぱりジェナ様は潔癖だ。

ドレスの裾を払い終わると、ジェナ様はどういうわけかにっこりと笑った。

「マリア様はこちらへ」

ジェナ様の案内に従って廊下を歩きだしたものの、なぜわたしだけが別の場所へ向かわされるのか、その意図がわからない。

「わたしには、その『証拠』を見せてもらえないのですか？」

「そういうわけではございませんけれど、その前にお会いしていただきたい方がいるのです」

「どなたです？」とわたしが訊いても、ジェナ様はほほえむばかりで答えてくれない。

そうして彼女はどんどん先を行く。もうどれだけ廊下を歩いていることだろう。チェルシー様が通された応接間からだいぶん離れたところまできてしまった。

「わたしがこのお屋敷へお邪魔させていただくことになったのは、偶然ですよね」

「もちろん、そうですわ」

ジェナ様はにこにこしたまま立ち止まると、ゲストルームと思しき扉を開けた。

部屋の中には、ジェナ様の幼なじみ——マクレイ伯爵令息ベン様がいた。ベン様はわたしを見るなり、締まりのない笑みを浮かべる。

「ベンはよくわたくしの屋敷へ遊びにくるのですけれど、どうしてもマリア様とお話がしたいと言うもので。少しお付き合いしていただけると嬉しいですわ」

「いえ、ですがわたしはマリアンフラワーの製造者として、いかに有害なのかをきちんと確認する責任があります」

「そう固いことをおっしゃらずに、ね？　ほら、ベンも悲しそうですわ」

ジェナ様に手を掴まれ、なかば強引に部屋の中へ引き入れられる。

「……ではベン様とお話はさせていただきますが、メイドの方々は決して下がらないようお願いいたします」

「ええ、心得ております。ご結婚なさっているマリア様をベンとふたりきりになんて、させませんわ」

おっとりとした笑みを浮かべて、ジェナ様は「わたくしは王太子妃様をおもてなしいたしますので」と言って去っていった。

ベン様が近づいてくる。

「お会いしたかったです、マリア様。どうぞお掛けください」

「せっかくのお言葉ですが、本日は時間がございません。すぐにチェルシー様のもとへ戻りたいのです。お話は手短にお願いいたします」

無礼な言い方だという自覚はあるけれど、いまは早くチェルシー様と合流するべきだ。

トラヴィス様はもう迷路を抜けられたのかな。

不安になる。チェルシー様から伝言を頼まれた従者がトラヴィス様たちを見つけることが、そもそも容易ではないだろう。

「……わかりました。手短に、ですね」

ベン様は表情を消すと、メイドたちに向かって「おまえたちは下がれ」と指示した。二人のメイドが扉へ向かって歩きだす。

「待ってください！　出ていかれては困ります」

わたしが叫んでも、メイドたちは歩みを止めない。「待って！」という呼びかけも虚しく、メイドたちはとうとう扉を開けて出ていってしまった。

ゲストルームの扉がパタンと閉まる。

これ――まずい。絶対、まずい！

「でしたら、わたしは失礼させていただきます」

公爵夫人としての礼を尽くす必要は微塵もない。先に約束を破ったのはベン様だ。

わたしは扉へ向かって走った。ところが、後ろからぐっ――と、強く肩を掴まれた。

「痛っ……！」

瞬く間に手首を背中でまとめ上げられ、後ろ手に拘束されてしまう。

「どういうおつもりですか⁉」

「マリア様にずっとお会いしたくて面会を申し入れていたのに……。どうして取り合ってくださらなかったのです？」

話が噛み合わない。完全に選択を誤った。心臓がドクドクと不穏に鳴り響く。

ジェナ様の目的はマリアンフラワーの評判を落とすことじゃなくて、これなんだ。

ベン様にわたしを襲わせて貞操を奪うこと。

たとえ強姦であっても、既婚者が伴侶以外と肉体関係を持てば強制的に離縁となる。

なぜすぐこのことに気がつかなかったのだろう。

ベン様と顔を合わせた時点で、もっと警戒しなければならなかった。

「手を放して！」

わたしは大声を上げ、ベン様の手を振り払おうとする。思いきり両手を動かしたものの、びくともしない。

これじゃ、ネックレスを引きちぎれない……！

トラヴィス様がくれたネックレスは、引きちぎらなければ効力を発しない。トラヴィス様に、危機を報せることができない。

そうなればもう、力いっぱい叫ぶのみだ。

「だれか……っ、だれかいませんか！」

「無駄ですよ。この部屋にはだれも近づかない」

チェルシー様がいる応接間が遠いことは、ここまで歩いた距離でわかる。きっとジェナ様は、屋敷の使用人たち皆に、この部屋に近づかないよう命じている。

そうまでしてわたしとトラヴィス様を別れさせたいの？

そうして彼女はトラヴィス様の後釜にでも収まるつもりなのだろうか。

想像しただけでぞっとした。妬(ねた)みとやるせなさが溢れてくる。

やだ……このままバッドエンドを迎えるなんて、絶対に嫌！

わたしは「だれか！」と叫びながら、じたばた暴れる。

「暴れないでください。そうすれば最上の快楽を与えてあげますから……っ」

ベン様は片手で自身のクラヴァットを外すと、わたしの手首を後ろ手に縛り上げた。

それからわたしを引きずるようにして歩かせ、荒っぽくベッドに押し倒す。

「いや……っ、いやっ！」

大声で叫びたいのに、恐怖心のせいかうまく発声できない。わたしは何度も首を横に振り、拒絶を示す。

「ハアッ……そうやって嫌がっているところが、たまらないぃ。愛しています、マリアァ……」

気色の悪い声を出しながらベン様はわたしの胸のボタンをひとつ、またひとつと外していく。

いよいよ声を出すこともできなくなり、全身がガタガタと震えだす。

なぜ今日に限って、前ボタンのドレスを着てきてしまったのだろう。ドレスとコルセット、シュミーズの前をあっというまにはだけさせられ、胸が露呈した。

「ひぃあっ……キレイなおっぱい……」

ひどく興奮したようすでベン様が口角を上げる。おぞましくて見ていられなくなり、わたしは思いきり下を向いた。そうして赤い瑪瑙のネックレスが目に入る。

ベン様も気になったのか「趣味の悪いネックレスですねぇ」と罵(ののし)られた。

そうだ。まだ諦めてはいけない。

「このネックレスは、トラヴィス様からいただいた大切なものです。だからこれだけは、どうか……触らないでください。壊したくないのです」

「ほーう？」

ベン様は顔を歪め、瑪瑙のネックレスに手をかける。

案の定だ。わたしは嫌がるふりをするため、首を横に振る。

「では壊してやる！」

思惑どおり、ベン様はわたしのネックレスを強く引っ張った。赤い瑪瑙の玉がきらきらと光りながら散乱する。

直後、バアンッという轟音が轟き、目の前が真っ暗になった。

視界が閉ざされても、恐ろしくはなかった。

だって、トラヴィス様の匂いがする。

仄かに甘く、爽やかな香りだ。それをいっぱいに吸い込み、わたしは上を向いて目を凝らす。

「マリア……！」

悲痛な面持ちをしたトラヴィス様がこちらを覗き込んでくる。はだけていたはずの胸元は、もとどおりになっていた。

トラヴィス様はわたしを抱き起こして腕の中に閉じ込めたまま「怪我は」だとか「痛いところは」と訊いてくる。

「どこも、痛くありません。わたし――無事です」

険しかったトラヴィス様の表情がやっと和らぐ。彼はわたしの肩に顔を突っ伏すなり「遅くなってすまなかった」と呟いた。

後方から「ぐっ……」という呻き声が聞こえる。ベン様は、両手首と足首を金属のようななにかで固定され、壁に磔（はりつけ）にされていた。トラヴィス様が魔法でそのようにしたのだろう。

「……いま拘束を解く。あの男のではなく、きみのね」

背中で縛られていた両手が自由になる。トラヴィス様は、わたしの手首に巻きつけられていたクラヴァットを、ベン様の足元へ乱雑に放った。

虚ろな目をしていたベン様だったけれど、急にカッと見開く。その瞳は血走っていた。

「ははは！　僕とマリア様は関係を持った！　貴様とは離縁だァア！」

裏返った声でベン様が叫んだ。その声に、わたしはビクッと体を震わせる。

トラヴィス様はベン様に鋭い視線を向け、風切り音が出るほど勢いよく手を動かした。

瞬く間に、ベン様の鼻と口が布のようなもので塞がれる。

「むぐっ、ぐぅ……っ！」

ベン様は四肢を拘束されているけれど、あからさまにもがき苦しんでいる。

「トラヴィス、それではこの者が死ぬ。呼吸は確保しなければ」

そうして初めて、この場にマヌエル殿下もいたのだと気がついた。

トラヴィス様は眉根を寄せたまま、渋々といったようすでもう一度手を振った。ベン様の鼻を覆っていた布がすうっと消える。

「ぶっ、ぐ……ぅ。うう、うぐうぅ！」

呼吸はできるようになったようだけれど、口は依然として布に覆われているので、なんと言っているのかわからない。

「マリア。危険な目に遭わせてしまったのに悪いが、チェルシーがどこにいるか教えてほしい」

マヌエル殿下に問われたわたしはすぐに答える。

「わたしとは違う応接間にジェナ様と一緒にいらっしゃるはずです。急いで呼びに――」

わたしが皆まで言わないうちに、ゲストルームの扉がノックされ、勢いよく開いた。チェルシー様とジェナ様だ。

チェルシー様は、壁に磔にされたベン様、トラヴィス様に抱きしめられているわたし、神妙な面持ちのマヌエル殿下を見て眉根を寄せ、ゆっくりとジェナ様のほうを向いた。

「これはいったいどういうことかしら、ジェナ」

ジェナ様はというと、顎に手を当ててうろたえていた。そういう演技をしているようにも見えるけれど、確証はない。

「ベンはこの屋敷に遊びにきておりましたの。マリア様とお話がしたいと言っていたものですから、王太子妃様とは別のゲストルームへお通ししたのですけれど……まさか使用人を下がらせてマリア様に手出しをするなんて、思ってもみませんでしたわ。マリア様はご無事なのかしら？　もしかしてベンに無理やり――」

「――黙れ」

ひゅっ……と、場の空気が一瞬で凍った。いつも耳にしている愛しい人の声だというのに、まるで別人のように思えた。

トラヴィス様は、いままでに見たこともないくらい恐ろしい形相をしていた。それでも、ぞっとするほど美しい。その場にいた皆が彼に目を奪われる。

言葉を遮られたジェナ様はそれまでの饒舌が嘘のように口を噤み、青ざめていた。空気が張り詰め、重苦しい雰囲気が漂う。

「――っ、トラヴィス！　あとのことは私に任せて、マリアを連れてカーライル邸へ戻るといい。チェルシーが勝手なことをしてすまなかった」

ひどく慌てたようすでマヌエル殿下が謝罪した。

一切の笑みを消したまま、トラヴィス様はわたしの体を強く抱きしめる。

「……そうさせてもらう」

目を開けていられないほどの強風を感じて瞼を閉じる。

その次の瞬間には後頭部に柔らかなものが当たった。それがふかふかの枕だと気がついたときには、トラヴィス様に組み敷かれる格好でベッドの上にいた。

カーライル邸の主寝室へ、一瞬で移動してしまった。

なんて便利な魔法なの。……でもトラヴィス様は、この魔法を多用しないよね。

「ふだんは馬車をお使いになるのは、転移が高度な魔法だから……ですか？」

「ヒトの転移は魔力量の消費が激しいからね。今日はマヌエルやきみを連れて二回、転移したから……魔力が回復するまでに少し時間がかかりそうだ」

そう言われて彼の顔を見ればたしかに、疲れているようだった。

トラヴィス様はシーツの上に両手をついてわたしに覆い被さっているので、壁掛けランプの明かりが彼の顔には届きづらく、よけいに表情が暗く見える。

「ご負担をおかけしてしまい、申し訳ございません」

泣きそうになるのを必死に我慢して言った。

「マリアはなにも悪くない。それにアトリー邸からこの屋敷までは馬車を使ってもよかったのに、そうしなかったのは私のわがままだ」

トラヴィス様は耐えるように目を瞑り、きゅっと唇を引き結んだ。

「……一刻も早く確かめたかった。きみがベンになにをされたのか」

アメジストの瞳がふたたび見える。その表情も口調も固い。ぴりりとした緊張感が漂う。

「わ、わたしは、なにもされてな――」

夫以外と肉体関係を持てば離縁。

今世のしきたりが頭の中に浮かぶ。

ドクッ……と胸が鳴り、そこはかとない焦りが込み上げてくる。

「その……っ、胸を見られたただけでも『関係を持った』ことになるのでしょうか？」

そうだとしたら、離縁されてバッドエンドだ。

そもそも、どうやって身の潔白を証明すればよいのだろう。夫以外の男性と密室でふたりきりになった時点で、もうアウトなのでは——。

いまになって後悔の念に襲われ、視界がぼやけてくる。

「わたし……嫌、です。トラヴィス様と、離れたくない……！」

わがままな子どものような発言だ。みっともなく彼に縋っている。

トラヴィス様はわたしを安心させるためなのか、目を細めて微笑した。

「大丈夫。事実がどうであれ私はきみを手放さない。国外へ行けば、デイラの法律なんて無意味だからね。もちろんベンは処————……相応の罰を受けてもらうから、どこでだって安心して暮らせるよ」

わたしの濡れた目元を、トラヴィス様が優しく撫でてくれる。

「それにマリアの……胸元以外に乱れはなかった。肉体関係を持ったという事実は認められないし、きみは両手を背中で縛られていたから、あの男が一方的だったのは明らかだ」

トラヴィス様はベン様のことを考えているのか、忌々しげに眉を顰めた。

「私はきみの言葉を一切疑わない、けれど……意図しないこととはいえベンとふたりきりになってしまったから、魔法具を使って検査をしなければならない。きみの中に、私以外の男が入っていないのかを確かめる」

彼はベッドの上に膝をついたまま、右手を天井へ向かって掲げた。すると瞬く間に、彼の手に細長い棒が握られる。

直径二センチほどの真っ白な棒は表面がつるりとしている。陶器でできているようだった。

「それ、で……わたしがトラヴィス様以外を受け入れたことがないと、わかるのですか？」

「そうだよ。この魔法具は存在自体、国政に参画する一部の者しか知らないし、扱えない。ベンは知らないのだろうね。それであんな虚言を――」

彼は目つきを鋭くしたものの、こちらを見るなりまた微笑した。

「検査をするためにはこの魔法具をきみの内側に沈めなければならない。いますぐ挿し入れてしまっては痛むだろうから、内側が解れるように……ほかのところを触るよ」

魔法具をベッドヘッドに預けると、トラヴィス様は性急な手つきでわたしの衣服をすべて剥ぎとっていった。裸になったわたしの全身を、まるで検分でもするようにじろじろと見まわす。

「わたし、本当に……どこにも触られていません、から」

頭から足先までを何度も見まわされる羞恥に耐えながら言うと、トラヴィス様は我に返ったように目を見開いた。

「わかっているよ。ただ――よく見たいだけ」

苦悩したようすで息をつき、トラヴィス様はわたしの両頬を手のひらで挟む。

紫の瞳には、その視線の先にあるものを焦がす効果でもあるんじゃ――。

そんな錯覚をしてしまうほど、彼の両眼は鮮烈だ。

視線が熱く絡みついて、灼かれているような心地になる。

頬にあった彼の両手が左右同時に首筋へと下り、やがて肩を撫でる。ベッドの上に投げだしていた両腕を辿られたあとは、脇腹を撫で上げられる。

「ふっ……」

くすぐったさを感じる間もなく、ふたつの膨らみを掴まれて快感に悶える。

トラヴィス様はわたしの反応を注視しているようだった。

乳房の先端を指のあいだに挟まれ、くにくにと揺さぶられる。

「あぅう、んっ……は、あぅ」

胸や乳首を愛撫されるとき、いつもなら彼は楽しげだけれど、今日は違う。ごく真面目な顔つきのままわたしの胸を揉み、その頂を二本の指で捏ねまわしている。

それだけでもう、下腹部は蜜を湛えていた。そのことを申し出るべきなのに、口から出てくるのは「あぁ、んぅ……あぁっ……」という高い声ばかりだ。

彼は胸の谷間へ顔を近づけ、ふたつの蕾を親指と中指でつまむ。白い乳房をちゅうぅっと強く吸い、頑なな尖りを指の腹で擦りつぶした。

「ひぁああっ……！」

容赦なく快楽を与えられ、ベッドの上で背を仰け反らせる。トラヴィス様は右手を下へ滑らせて、割れ目の中で眠る小さな粒を撫で上げた。

「あふ、うぅっ」

両足がビクリと跳ね上がる。長い指が蜜を掬い、敏感な粒を上へ下へとなぞる。

「あ、はぅ……ぁっ、あっ……んんっ……！」

めくるめく享楽が体の端々まで広がり、蜜壺が潤いを増す。

わたしの体、いつからこんなふうになっちゃったの。

トラヴィス様になら、なんでもないところに触れられるだけでもきっと下腹部が反応する。

彼の指が花芽から蜜口へ戻り、浅いところをくちゅっ、くちゅっとくすぐる。具合を確かめるように、中指が沈んでいった。

「ん、はぅ……う」

蜜襞を押し広げると、指はすぐに外へ出ていってしまう。

「だいぶん濡れたね。……魔法具を、挿れるよ」

そうだった。気持ちよさのあまり本来の目的を忘れてしまうところだった。彼は、ごく真面目にわたしを濡れさせた。魔法具で検査するという目的のために。

ひたすら気持ちよくなるばかりだった自分を恥じながらも「お願いします」と希う。

わたしはおずおずと脚を広げ、彼が魔法具を挿れやすいようにした。

トラヴィス様が短く息を吸う。

「煽情的だ」と呟き、トラヴィス様は白い棒を秘所の中心に突きつける。

「もっと……脚を大きく開いて。きみの蜜口がよく見えるように、突きだして」

「は、はい……っ」

わたしは言われたとおりに脚を動かし、シーツに両手をついて、秘所を見せつけるように腰を浮かせる。

「きみの小さな粒が、勃起しているのがよくわかる」

「ふ、えっ……!?」

彼は膣口だけを見ていると思っていたので動揺する。

「や、トラヴィス様――」

ほかのところは見ないでほしいと言う前に、魔法具を隘路へ挿し入れられた。

「んぁあ、あぁっ……!」

蜜壺は蠕動(ぜんどう)しながら白い棒を呑み込んでいく。彼の指や彼自身以外のものを体内に受け入れるのは初めてだというのに、考えていたよりも遙かにたやすく魔法具は媚壁を進んでいった。

「く、ふ……うぅ、ん……っ」

ひやりとした感触がたまらなかった。検査なのだからじっとしていたほうがいいと思うのに、腰が左右へ揺れ動く。

そんなわたしを、トラヴィス様は静かに見つめていた。

「……感じているの？」

「――っ！」

違うのだとは、言えなかった。その代わりに両手で顔を隠す。

「私のものより、この白い棒のほうが悦い？」

皮肉っぽい言い方をして、トラヴィス様は魔法具を小刻みに押し引きする。

「ん、ふっ……あ、は……っ、あぁ……」

指の隙間から彼の手元を見る。魔法具が体の中へ、ずるずると出たり入ったりするようすは卑猥で、とても見ていられない。

けど、気持ちいい……！

感じてはいけないと思えば思うほど快楽に呑まれていく。終いにはぬちゅぬちゅと水音まで響きだした。

「これは検査なんだよ、マリア」

わたしはがくがくと頭を縦に振りながら、涙目になって「申し訳、ございません」と謝る。

「で、でも……それを扱っていらっしゃるのが、トラヴィス様、だから……だから、わたし」

言いわけがましいのはわかっている。それでも、彼がその棒を操っているのでなければ感じるはずがないと、訴えたかった。

「……うん。ごめん、意地悪をした。必死なマリアがいじらしくて、愛しくて……見失ってしまう、理性を」

トラヴィス様は自身を落ち着かせるように大きく息をして、ゆっくりと魔法具を引き抜く。

白色だった魔法具は、トラヴィス様の瞳と同じ紫色に染まり、きらきらと光っていた。

「マリアは私の色しか知らない。もし複数の異性と関係を持っていれば様々な色が混ざるし、輝かない」

トラヴィス様は嬉しそうに話し続ける。

「このことは第三者機関が所有する、受け側の魔法具にも伝わっている。ベンとはなにもなかったのだと証明できたよ」

「そう……ですか。よかった……」

胸を撫で下ろして安堵していると、トラヴィス様は魔法具を宙へ放った。

魔法具は彼の手に戻ることなく忽然と消えてしまう。わたしの潔白を証明できたので、もうお役御免というわけだ。

けれど、よほどわたしが物欲しそうな目をしていたのだろう。

「あの棒でもっと弄ってもらいたかった？」

少し棘のある声でトラヴィス様が言った。その表情も、いつもより硬い。

「いいえ、あの……お手数をおかけしました。申し訳ございません、わたしがもっとしっかりしていれば……」

彼は首を左右に振りながらベッドに両手をつく。それから、鼻と鼻がくっつきそうな位置まで近づいてきた。

「いますぐ忘れさせたい。あんな男の記憶——きみの中から完全に消してしまいたい」

目の前がぼやけて、貪るような激しいキスの雨が降る。

わたしは彼の背に腕をまわして応えようとする。わたしも同じ気持ちなのだと、わかってもらいたかった。

触れている唇が、感じる吐息が熱い。

トラヴィス様はわたしに深くくちづけながら、ふたつの乳房を掴んで弄る。

検査のために愛撫されたときとは、伝わってくる熱量が違う。先ほどよりもずっと執拗な手つきで胸を揉みくちゃにされている。

舌を絡めとられるのと同時に、膨らみの硬い棘をぐりぐりと指で押された。そんなふうにされるとますます棘が硬くなり、いっそう快楽を感じるようになる。

乳首を時計回りに押し嬲られても、唇と唇がぴたりと重なっているので叫ぶことはできない。

もしもキスで塞がれていなかったら、聞くに堪えない大声で快感を訴えていたことだろう。

深いくちづけを交わすときは鼻でうまく息をしなければいけないとわかっているのに、意識してもそれができずに息が上がってくる。

わたしが息苦しくしていることに気がついたのか、トラヴィス様は唇を解放し、今度は首筋に吸いついた。

ぴりっと小さな痛みが走る。彼は何度も、執拗に首筋を吸う。そんなふうにされた箇所には赤い花びらが散る。

これではまたメイドたちに「こんなにたくさんキスマークが」と、からかわれる。

だからあまり痕を残さないでほしいと思うのに、今日の彼はいつにもましてあちこちの肌を吸い立て、所有印を残していく。

その勢いに押されて——悦びもたしかにあって——わたしはなにも言えなかった。

「マリアの肌は甘くて芳しいから……吸いつきたくなるんだ」

取り繕う言葉にすらときめいてしまう。

トラヴィス様は艶を帯びた困り顔になって、膨らみのあいだに顔を埋めた。幼い子どもが駄々をこねるように、彼は乳房の上で顔を右へ左へと揺する。

「ん、んっ……」

金の髪が乳房を擦り、薄桃色の尖りを掠める。柔らかすぎる刺激に全身を焦らされる。

彼が深呼吸をするものだから、その息遣いにも感じてしまって身悶えする。

そうして揺れる乳房の先端を、トラヴィス様はねっとりと舐め上げた。

「ふぁああっ……！」

それまでのかすかな刺激から一変して、熱くざらついた舌で敏感な棘をなぞられた。

幾度となく舌の感覚を刻み込まれる。

もう数えきれないほどこうして胸の頂を舌で愛でられているのに、慣れることはない。

それどころか回を重ねるたびに快感が強くなっていく。

「あっ、ぅ……んぁっ、あ」

乳首に触れられて間もないとき、舌は生温かく感じる。

ところがずっと舌で嬲られていると、どんどん熱くなる。実際に彼の舌が熱くなったわけではないはずだから、こちらの捉え方が変わっただけなのだろう。

それだけ敏感になってるってこと？

そう自覚するのと同時にトラヴィス様が胸の尖りをぱくっと口に入れてしまう。

「ひぅうっ！」

彼は口を窄め、なにかを絞りとろうとするようにちゅうちゅうと、きつく吸い立てる。

そんなに吸っても、なんにも出ないのに。

いや、快感を促すなにかが溢れでているようにも思える。彼が、それを引きだしている。

トラヴィス様はそうして長いこと乳首を吸っていた。

「んっ、ふ……ぅ？」

吸い尽くされたあと、胸の蕾は飴玉になったらしい。ざらざらの熱い舌が軽やかに舐め転がしてくる。

「ぁ、はぁ、う……んんぅ」

このままではきっと蕩けてなくなる。そんなことを考えてしまうくらい気持ちがよかった。

反応を見るように紫眼がこちらを向く。

ばっちりと視線が絡んだとたん、甘い疼きを伴って下腹部がトクンと鼓動した。

もとから濡れていた秘所がさらに潤みを増す。

先ほど魔法具の棒を挿し入れられたことで焦れてしまったのかもしれない。

蜜でいっぱいになっているその箇所へ、彼の右手がそろりそろりと這い寄る。マッサージでもするように、ビキニラインをふにふにと押された。

でも、気持ちいい。

相変わらず胸を舐めしゃぶられているからか、あるいは彼の手だからなのか、どこに触れられてもすべてが快感になる。それ以外の感覚が消え失せてしまったようだった。

指先が秘裂を辿り、珠玉が眠る場所を目指して少しずつ割れ目の奥へ沈んでいく。

「んん……ふっ……ぅ、あ……」

内股を擦り合わせているうちに秘所はすべてが蜜まみれになってしまっていたから当然、彼の指もぬめりを帯びる。

そんな摩擦のない指先で花芽に触れられて、胸の蕾も水音が立つくらいに吸われて、全身がぶるぶると震えてしまうほどの快感が駆け抜けた。

「トラヴィス様……っ、あぁ、ん……」

呼びかけたからか、もしくはようやく乳首を舐めることに満足したのか、トラヴィス様はおもむろに顔を上げた。

わたしはぼんやりとトラヴィス様を見つめる。彼はなにを思ったのか、わたしの両膝を掴んで左右に押し開いた。

あまりにも無遠慮に秘所を見つめられるものだから、わたしはそっとその箇所を手で隠す。

トラヴィス様はぴくりと眉を動かし、口元に弧を描いた。

「淫唇へのキスを賭けて、遊びをしよう」

「い、ん……しん？」

「たくさんの蜜を零している、この唇のことだよ」

指がぬちゅっと隘路の入り口に沈む。

彼がどこのことを言っているのか、わかっていたはずなのについ尋ね返してしまった。恥ずかしさが増しただけだ。

「遊びのルールを、今度はきみが決めてほしい」

突然の提案に、わたしは「えっ」と驚きの声を上げる。

「マリアが有利な遊びにするといい」

トラヴィス様は整った笑みを浮かべ、手のひらでわたしの恥丘を摩った。急かされている。

「ん、ん……っ。では……あの、花の名前でしりとりを」

「シリトリ？」

わたしは前世日本で子どものころによく遊んでいたしりとりについてルールを説明した。

「――なるほど。かつてきみが生きていた世界ではそんな遊びがあったんだね。いいよ……始めよう。きみからどうぞ」

「バラ」とわたしが言えば、トラヴィス様は「ライラック」と返す。

クレマチス、スイートピー、ピンピネラ、ラナンキュラス――と、わたしたちは言葉のキャッチボールをするようにしりとりを続ける。

「ス、ス……ひゃっ⁉」

ところがトラヴィス様が急に胸の蕾をつまむので、それどころではなくなった。

「ススヒャ？　そんな花、あったかな」

白々しく言いながら、彼は薄桃色の尖りをふたつともぎゅっ、ぎゅっと引っ張り上げた。

「ち、ちが……ぁ、んんっ……！」

「さあ、続きを言って。『ス』から始まる花だ」

いつになく涼しい顔でトラヴィス様が続きを促してくる。

「や、うぅ……」

「どうしたの。思いつかない？」

「ス……スイートピー……！」

言ってしまったあとで、その花はトラヴィス様が口にしていたと気がつく。乳首を弄りまわされているせいで、まともに頭が働いていない。

「スイートピーは、私がすでに言ったよ。同じ言葉は使えないのだろう？　……きみの負けだ」

彼は先ほどからずっとほほえんでいるのに、どこか怒りを湛えているように見える。

しりとりに勝ったのはトラヴィス様なのに、どうして？

トラヴィス様は少しも嬉しそうな顔をしていない。

「約束どおり、くちづけさせてもらう」

毅然と宣言して、トラヴィス様は急に身を屈めた。

蜜を零すその箇所への距離を一気に詰められる。

「ぁっ……」

反射的に脚を閉じようとしたものの、がっちりと膝を掴まれ、固定されてしまう。

トラヴィス様は長い睫毛をスウィングさせながら、恥丘の下にちゅっとキスを落とした。

ぼぼぼっ……と、なにかを焚きつけるときのような幻聴が聞こえるくらい全身が熱くなる。

「あのっ……！　ごめんなさい、やっ……やっぱりだめです、そこ……恥ずかしい……っ」

わたしは思いきりぶんぶんと首を横に振った。

そうしているあいだにもどんどん体が熱を持ち、汗をかきはじめる。

いっぽうトラヴィス様は、淫唇のすぐそばに顔を置いたまま上目遣いでわたしを見た。

「……いやだ。もう……これ以上、我慢できない。私は勝ったのだから、これは当然の権利だ」

トラヴィス様の瞳とその表情から、強い意志が感じられる。

怒ってる?

ほかの男性に襲われかけたことを責めるような眼差しに思えた。

ううん。そんなふうに思っちゃうのは、たぶん……後ろめたさがあるから。

あるいは、魔法具でも感じてしまったから、怒らせたのかもしれない。

「ご、ごめ、なさ……トラヴィス様……」

「どうして謝るの。マリアはなにひとつ悪くないよ。むしろ私のほうが――」

彼は言葉を切って眉根を寄せ、目を伏せて淫唇にくちづける。

「ひあ、ぁっ……！」

いまだかつて経験したことのない、ぴりぴりとした快感が迸った。

羞恥と緊張と快楽で足先に力がこもる。

しっとりと柔らかな彼の唇が、蜜口から濡れ莢の上端までを順にくちづけていく。優しく、慈しむような仕草だった。

「ど、うして……そこ、そんなに……？」

なぜ彼が執拗にそこへキスしたがるのかわからずに尋ねれば、トラヴィス様は「んん」と唸り、秘所からほんの少しだけ唇を離した。神妙な面持ちで口を開く。

「愛しいから、すべてにくちづけたくなる」

理由は以上だと言わんばかりにトラヴィス様はふたたび淫唇に吸いつく。舌が秘裂を割り、花芽を避けて溝を抉る。

「あぅうっ、ひ……っ、うぅっ！」

自然と腰が左右に揺れて、よがってしまう。

こんなふうに体を動かしていては彼に迷惑がかかると思うのに、かといって大人しくしているのも、さも舐められたいと主張しているようだ。

わたしは羞恥と快楽の狭間で悶える。そうして結局、艶めかしく腰が動くのを、自分ではどうすることもできなかった。

どれだけわたしが体を揺らしても、トラヴィス様はそれに合わせて舌を這わせる。花芽の根元を舌でくすぐり、頂には触れずに舌でぐるぐると円を描く。

指でされるのとは違う。

柔らかく熱い刺激を受けて、意識がどこかへ飛んでいってしまいそうになる。

少なくとももう、理性的な思考はまったく働いていない。

「あっ、あぁ……っ、はぅ、んん……っ」

それまで左右に揺れていた下半身が、今度は上下にビクッ、ビクッと弾みだす。

恥ずかしいからだめだったはずなのに、心とは裏腹に体は正直に蜜を垂れ流す。そうして外に零れでた蜜を、トラヴィス様はじゅるじゅると啜る。

気持ちよすぎて、だめになりそう……！

理性と一緒に羞恥心も麻痺して、感じるのは快楽ばかりだ。

わたしは必死に深呼吸をして理性を引き戻そうとするのに、それを阻むように彼が胸の頂を指でつまむ。

「ひゃう、ぅ」

淫唇を舐められているあいだも胸の蕾はずっと尖っていた。膨らみきっている乳首と淫核を、トラヴィス様は指と舌でそれぞれ突く。

「～～っ！」

声も出ないくらいの快楽に襲われた。もとから荒かった呼吸がますます乱れる。

わたしは肩で息をしながら、眉根を寄せて快感に酔う。

トラヴィス様は舌と指を小刻みに動かすことで花芽と胸の尖りをいっぺんに嬲る。

それだけでも頭の中が真っ白になってしまいそうだったのに、彼は空いているほうの手で蜜口を漁る。

「や、あぁっ……！　そんな、ぁっ……はぅあぁ……あっ」

指が隘路へ侵入して、媚壁を擦る。淫核と乳首も休まず刺激された。

とてつもなく大きな快楽が訪れ、高いところまで引っ張り上げられる。

「だめ、イッ……もう、だめ、だめっ……あぁあ、あぁ……っ！」

まだ陽も沈んでいない時間だというのに大きな叫び声を上げて絶頂に達する。そんなふうに叫んでしまったあとで、羞恥の大波に身も心も攫われた。

わたしはベッドの上にくたりと肢体を投げだす。どこにも力が入らない。

弛緩した体をトラヴィス様の大きな両手が撫でまわす。彼の瞳は依然として強い情欲を滲ませている。

彼はべえっと赤い舌を出すと、これ見よがしに秘め園を舐め上げた。

「んぁ、あぁっ……」

敏感になっているその箇所をふたたび舌でなぞられ、強烈な快感に溺れる。トラヴィス様はまだまだ飽き足らないらしい。

「まだ……もっと、食べ尽くしたい」

わたしは「やぅ、う」と喘ぎながら首を振る。

蜜を湛えた内側が、彼を求めて震えているのが自分でもわかる。

「も……もう、お願……欲しい、です。トラヴィス様……！」

「なにが、欲しい？」

金の髪を揺らしながら、恍惚とした顔で首を傾げるトラヴィス様を目の当たりにして全身が粟立つ。

壮絶な美しさを前にして、息が止まりそうになった。

「トラヴィス様の、大きな……ご自身を……っ、中に」

すると彼は珍しく顔を引きつらせた。くっ――と悩ましげに笑い、トラウザーズの前を寛げる。顔を出した雄の象徴は、はちきれんばかりに膨らみきっていた。

彼の欲塊を見てぞくっと全身が震える。期待して、また愛液が生まれる。

トラヴィス様はわたしの両足を肩に抱え上げ、蜜口に淫茎を突き立てた。

小さな口が大きな欲棒を咥えはじめる。

「あ、ぁっ……大き、い……！」

「それはあの魔法具と比べているの」

「ご、ごめ……ぁ、んっ……ふぅ、う」

彼は眉間に皺を寄せて「ふー……」と息をつく。

「きみを悦ばせるのは私だけだと、よく覚えておいてほしい」

ほかに類を見ない美しさを誇る紫眼が、どこか野性的に鋭く煌めく。

わたしは本能的にこくこくと何度も頷いた。

すぐにそうしなければ、狩りとられてしまう気がした。

トラヴィス様は満足げに口角を上げ、さらに男根を押し進める。

「は……ぁ、うっ……」

両足が高い位置にあるからか、正面から繋がり合っているわりに挿入が深い。

楔はどんどん蜜襞を掻きわけて最奥まで収まった。

「ふっ……？」

ふだんならすぐに動きだしてくれるのに、今日はどういうわけか少しもその気配がない。トラヴィス様は深く息をしている。

瞳を揺らすわたしを見てトラヴィス様は「少し……このまま」と、どこか苦しげに言った。

わたしは状況がわからないながらも頷き、彼の出方を待つ。

頬を撫でられ、乳房を掴まれた。すぐにその先端が反応して、乳首はもっと鋭い形になる。

色好い反応を示す胸の蕾をすりすりと褒めるように撫で、トラヴィス様はようやく腰を動かしはじめた。

ずず、ずっ……と、楔は隘路の中を緩慢に往復する。彼は意図的に動きをセーブしているようだった。

それでも、陶器の魔法具を前後されたときとは比べものにならない。欲しかったものはこれだと、あともう少しで口に出してしまうところだった。

そんなの、さすがにはしたない。

よけいなことを口走らないようにと唇を引き結んでいると、人差し指で口を押された。

「なにか我慢している？」

「い、いいえ……」

彼は目を細め、時計まわりにじっくりとわたしの内側を掻きまわしはじめる。

まだ焦らされてる？

疑いの目を向ける。トラヴィス様は「なんでもないようには見えない」と、甘い声で囁いた。

隠しても無駄だ。

やっぱり彼には敵わない。おそらく生まれ変わっても、彼には隠し事なんてできそうにない。

「魔法具よりもトラヴィス様ご自身のほうが何倍も、何百倍も気持ちいいって、思いました」

なかばやけになって一息に告白すれば、トラヴィス様は面食らったように静止した。

ところが止まっていたのは数秒で、彼はすぐに動きだした。

それまでよりも遙かに速く、潤んだ内壁を擦られる。

頬を染め、眉根を寄せ、照れたようすでトラヴィス様は「わかってくれてよかった」と言葉を絞りだした。

正直に話したのは幸か不幸か、抽送は激しさを増すいっぽうだ。

「あっ、ぁ……ん、はぅっ……うぅっ！」

「マリア……っ、乳房が……揺れて、淫らだ」

指摘されて胸元を見ると、彼の言うとおり乳房は律動でぷるぷると揺れ動いていた。

「や、あぅっ……ふ……っ、見ちゃ……いや、あぁっ……」

「見ては、嫌？　……無理だ」

トラヴィス様が紫眼を見開く。もっとよく見ようと目を凝らしているようだった。

スプリングの効いたベッドが弾み、トラヴィス様の顔と天井が何重にも見える。

何度も奥処を穿たれ、悲鳴じみた嬌声を上げる。

そうしてわたしは、至上の快楽を叩き込まれていった。

第五章　モブ令嬢ですが幸せに生きていきます

瞼が重い。早起きをして、マリアンフラワーの薬液調合をしたいと思っていたのに、なかなか目覚めることができなかった。

覚醒しかけても、髪を撫でる手が心地よすぎてまた微睡(まどろ)んでしまうのだ。

まだ目覚めないで……って、言われてるみたい。

小さな子どもさながら、優しく甘やかされている。

「ん――」

もうどれだけ髪を梳かれたことだろう。

なんとなく明るいのを感じて、わたしはようやく瞼を持ち上げた。

すぐそばに鮮やかな紫色が見える。寝起きのぼんやりとした目では、それがトラヴィス様のものだとわかるのに少し時間がかかった。

トラヴィス様は悲しげな顔で、なおもわたしの髪を梳いている。

「きみはだめだと言ったのに、無理やりあんなことをして……本当にすまなかった」

「あんなこと……？」

「ここに、くちづけた」

髪に触れていないほうの手で下腹部を撫でられたことで、ふたりとも裸だと気がつく。さらに昨日のことも思いだして、かあっと頬が火照った。

「いえ、あの……」

トラヴィス様はわたしの腰を抱き、表情を険しくした。

「嫉妬……していたせいだ。マクレイ伯爵令息に。きみの胸を見た彼の目を、いまからでも潰しにいきたいくらい——」

彼が仄暗い目つきをするので、わたしは思いがけずビクッと肩を揺らした。するとトラヴィス様は、はっとしたように目を見開いた。

「すまない、不穏なことを言って。いまのは忘れてほしい。マクレイ伯爵令息は然るべき機関が適切な罰を下す」

沈んだ表情をしている彼に「トラヴィス様？」と呼びかける。

「……なにがあってもきみを守ると約束したのに、できなかった」

自身を責めるように、あるいは懺悔するようにトラヴィス様はわたしの肩に顔を埋める。

「私を……嫌いになった？」

恥丘をそっと摩られる。なかば無理に淫唇へくちづけたこと、守るという約束を果たせなかったことを気にしているのだろう。

彼の顔を覗き込む。トラヴィス様の紫眼は不安を映したように揺れていた。

「なりません、嫌いになんて。わたしは、トラヴィス様に助けられました。いつも……助けてもらっています。だから、約束破りでは……ありません」

わたしは右手を動かし、彼の金髪をそっと撫でた。それまで彼に髪を梳いてもらって気持ちがよかったし安心した。同じことを彼にもしてあげたかった。

「それに昨日は、わたし……その、すごく……」

「すごく？」

窺うような視線を向けられる。ここで下手に隠したり嘘をついたりするのはよくない。

「き、気持ちがよくて……！」

羞恥心を押し殺して告白すると、トラヴィス様は何度も目を瞬かせた。

「淫唇へのキスが、気持ちよかったの？」

声は出せずに小さく頷くだけになった。それでも彼は嬉しそうに笑う。

「ではまたしてもいい？　いますぐに」

ぎゅんっと顔が熱くなる。そのあとは金魚のようにぱくぱくと口を動かした。一呼吸置いてから「それは、あの」と言い淀む。

「ごめん、冗談だよ。半分は本気だったけれど……」

それは果たして「冗談」と言えるのだろうか。もしもわたしが首を縦に振っていれば、すぐにでも秘所へくちづける気満々だったに違いない。

「マリアがその気になったらすぐに言ってね。また……食べたい。きみの秘めやかな粒を。昨日は、全然……足りなかった」

足りなかった――って。

さんざん舐めしゃぶられたと記憶しているのだけれど、思い違いだった？

昨日のことをよく思いだそうとしていると、足の付け根をすりすりと摩られた。

ねだるような視線を受けたわたしはなにも言えずに、それまでよりももっと頬を熱くして目を瞑った。


チェルシー様へプレゼントする雑貨のデザイン画を書いているときだった。城から帰ってきたトラヴィス様が一通の封筒を持ってわたしのラボにやってきた。

「マリア、これを。チェルシー様から謝罪の手紙だよ」

「えっ……謝罪、ですか？」

椅子から立ち、両手で手紙を受け取る。トラヴィス様はこくりと頷いたあとで「読んでみて」と促してきた。

わたしはトラヴィス様と並んでソファに座り、さっそく封蠟を外して手紙の内容を確かめる。

『親愛なるマリアへ。体調はいかがかしら。先日は軽はずみにアトリー侯爵邸へ連れていってしまって、本当にごめんなさい。マリアがジェナから狙われる立場にあるのだということを、マヌエルから聞いたわ。あのときは知らなかったとはいえ、あなたに護衛もつけず別行動を取ってしまったこと、すごく後悔しているの――』

手紙にはチェルシー様がわたしに対して申し訳なく思っていることが書き綴られていた。そして『あなたを危険な目に遭わせた私に言えることではないけれど、あなたが作るマリアンフラワーの雑貨を心待ちにしているわ』という言葉で結ばれていた。

謝罪の手紙を書かせてしまったことを心苦しく思うものの、チェルシー様のため、彼女が喜んでくれるものを作りたい気持ちと意欲が燃え上がる。

トラヴィス様はチェルシー様からの手紙になにが書かれているのか知っているらしく、内容を確かめることなく話しはじめる。

「チェルシー様の話だと、アトリー侯爵令嬢はマリアンフラワーの有害性について『勘違いだった』と言いわけしたそうだよ。それでチェルシー様はマリアのことが気になり、ジェナとともにアトリー侯爵邸内を歩きまわって……あの部屋に辿りついたそうだ」

「そうだったのですね。チェルシー様にもご心配をおかけしてしまいました」

「きみがどういう立場にあるのか、マリアの前世は伏せてマヌエルに話はしていた。当然チェルシー様にも伝わっているだろうと思っていたが、マヌエルは秘匿(ひとく)していたらしい。妙なところで律儀というか、間が悪いというか……。まあ私も、周知が足りなかったと反省している」

トラヴィス様は、すぐそばにいるわたしの肩を抱いて言葉を続ける。

「強姦未遂罪で牢にいるベンを拷問したが、アトリー侯爵令嬢の関与については口を割らない。彼らに脅されているのか、あるいは隠し通せば救いだすとでも吹聴されているのか――」

彼らというのは、アトリー侯爵とその令嬢ジェナ様のことだろう。

……んっ？　いま、トラヴィス様がさらっと怖いことを言ったような……。

「あの――拷問、なさったのですか。トラヴィス様が？」

「マヌエルから拷問権を譲渡してもらって、ね。……大丈夫、怖がらないで。拷問といっても、ほんの軽いものだから」

トラヴィス様が完璧なまでの端正さでにこっと笑うものだから、ほんの少しだけ空恐ろしくなった。

トラヴィス様は、怒らせると怖い。

これまでにも感じていたことだ。軽率な行動で彼の気を揉むことがないよう心がけねば。

「ともかく証拠がないことにはアトリー侯爵令嬢を拘束できない。歯がゆいところだ」

彼は息をつき、わたしの肩に自分の頭を預けた。甘えるような仕草に、胸が温かくなる。

「そうだ――証拠といえば。じつはこんなものを作ったんだ」

トラヴィス様はわたしにもたれかかるのをやめてパチンと指を鳴らす。するとローテーブルの上に顕微鏡のようなものが現れた。

「これはどのように使うのですか？」

尋ねると、トラヴィス様は嬉しそうに顔を綻ばせる。

「魔法で生成された物質の効果を解析する装置だよ。これで、マリアンフラワーにどんな効果がついているのか視覚化できる。魔法具として国から認可も受けた」

「ではさっそく試してみても⁉」

わたしはソファから立ち、棚へ行き箱を取りだした。この箱には、挙式のとき彼に身につけてもらったブートニアが保管されている。

「もちろん。あのブートニアだね？」

くすくすと笑いながらトラヴィス様は箱の蓋を開け、レンズの下方に置く。

「このレンズを通してブートニアを見てみて」

言われたとおりにレンズを覗き込めば、ブートニアの前面に『催淫作用』という文字が浮かび上がっていた。

「すっ、すごい！」

「マリアが作ったものに妙な言いがかりをつけられるのはすごく不愉快だからね。根拠もなしに『有害だ』などと訴えてくる輩（やから）は一掃する」

彼に左手を取られ、指先にキスされる。

いつのまにそうされていたのか、気がつけば左手に赤い瑪瑙のブレスレットが嵌まっていた。

「ネックレスの代わりだ。魔力量がまだ戻っていないから手首に嵌めるサイズのものしか作れなかったのだけれど、よかった？」

「はい、このブレスレットも素敵です！　ありがとうございます」

左手を高く掲げるわたしを見て、トラヴィス様は安堵したように小さく息をついた。

「その……前回のネックレスは首輪みたいで、不快ではなかったかな」

「首輪？　そうでしょうか、このブレスレットと同じですごく綺麗でした」

「ん――ありがとう。ともかく、腕に嵌めているほうが引きちぎりやすいからね」

トラヴィス様は両手で、赤い瑪瑙ごとわたしの手首を掴むと、その指先にふたたびくちづけた。それだけに留まらず、手の甲にもキスを施される。

熱っぽく見つめられれば、彼がなにをしたいのかひしひしと伝わってくる。

わたしは目を閉じて、唇同士の柔らかなキスに応えた。

わたしは夜な夜な、とあるものの開発に勤しんでいた。かねてから挑戦したいと思っていた技術だ。作りだせれば今世でも絶対、流行る。

前世の記憶にあるあの美しさを、この手で再現したい一心でわたしは薬液とオイルの調合に励んだ。

「……っ、できたぁ！」

日付が変わったばかりのラボで、わたしはひとり声を上げた。

これは、前世でいうハーバリウムとほぼ同じものだ。

羽根ペンのグリップ部分にガラス管を取り付け、その中に青いオイルとマリアンフラワーの小花を入れた。青いオイルの中では小さな花がぐるぐると回っている。

青いオイルも、花がガラス内で回転するのも、温泉地での視察から得たアイデアだ。

できあがったばかりの羽根ペンを、トラヴィス様が作ってくれた解析装置で見てみる。

書類仕事に対する意欲が湧きますようにと願いを込めた甲斐あって『意欲向上』の作用がついていた。安全性もばっちりだ。

次はチェルシー様のぶんだ。

ハーバリウムさえ完成してしまえば、あとは早い。前々から用意しておいた雫型のガラスケースに透明のオイルを入れ、バラの花びらで満たしていく。

そうしてできあがったペンダントを解析装置にかける。よし、問題なしだ。

チェルシー様への贈り物も無事に完成して気が抜けたせいか、急に眠気が襲ってきた。

わたしは柱時計を見遣る。時刻は深夜二時をまわったところだった。いまから主寝室へ行ったのでは、トラヴィス様の眠りを妨げてしまうかもしれない。

明日の朝いちばんに、トラヴィス様に見てもらいたいし。いいや、今夜はソファで寝よう。

少しのあいだ眠るだけなら問題ないだろう。トラヴィス様が設えてくれたこのソファは座面が広く、ふかふかだ。ちょうど毛布もある。

わたしはネグリジェの裾を翻してソファに寝転がり、毛布を被った。

夜は夢も見ずに熟睡していた。だれかの気配を感じて目を開けると、すぐそばにトラヴィス様がいた。

「あれ、ここ……主寝室？」

「そうだよ」と、返ってきた声は少し掠れていた。

「きみが根を詰めているようだからようすを見に行ったんだ。そうしたらソファで眠っているものだから、ここへ運んだ」

「ご、ごめんなさい……。ありがとうございます」

トラヴィス様は「うん」とだけ答えてわたしの頬にちゅっと吸いつく。

彼の唇が触れたところが熱くなるのを感じながらも、わたしはふと思いだす。

「そうだ、トラヴィス様にお見せしたいものがあるんです。いまラボから取ってきます」

起き上がり、ベッド端に座る。靴を探していると、トラヴィス様のほうが先にベッドを抜けだした。

「私も一緒にきみのラボへ行こう」

お姫様抱っこされてしまった。夢のような体勢だけれど、実際にとなると——落ち着かない。やけに恥ずかしい。

「一緒にラボへ行っていただけるのは、とてもありがたいのですが……どうして、この体勢なんです？」

「寝不足だろう、マリアは」

「それを言うならトラヴィス様も」

「朝方は熟睡していたから問題ないよ」

わたしは彼を見上げる。たしかに、疲れているふうではなかった。

けどトラヴィス様は、たとえ疲れていても平気な顔してそうだし。見ただけじゃわからない。

「ですが、わたし……重いでしょう？」

「まったく重くない」

大人しく抱かれていろと言わんばかりに、頬や唇にキスの雨が降ってくる。

甘やかされて嬉しいものの、恥ずかしさが先に立つ。どうかだれにも会いませんようにと願っていると、さっそくメイドのひとりに出くわして赤面するはめになるのだった。

夫に抱えられてラボに到着したわたしは、床に下ろしてもらうなり製作した羽根ペンを手に取り、いそいそとトラヴィス様に手渡した。彼のすぐそばに立ったままようすを窺う。

トラヴィス様は物珍しいものを見るときのように、羽根ペンを傾けたり、上下をひっくり返したりした。

「以前視察に行った、天国のお土産にいかがでしょうか。前世でいうハーバリウムという手法を使った一品です」

ドキドキしながら提案した。自分としてはなかなかの出来だと思っているけれど、自己満足ではいけない。まずはトラヴィス様に、良いと思ってもらえる品でなければ。

「うん――」

呆然としたようすで、トラヴィス様はなおも羽根ペンを見つめている。

「あの、なんでも気兼ねなくおっしゃってくださいね？　よくないところがあれば直します」

勢いあまって前のめりになっていると、トラヴィス様はおかしそうに笑いながらわたしの腰を抱いた。

「ごめん、感動しすぎて……うまく言葉が出てこなかったんだ」

彼は困ったような笑みを浮かべ、羽根ペンのガラス部分を指で辿った。ガラス内部の、青いオイルに浸かった小花は一晩経ってもなお絶えず回転している。

「ペンの名前はもう決めた？」

「いえ、まだです」

「では……そうだな。マリアリウムペン、というのはどう？　このペンは、愛しの妻が作ったという点を抜きにしても最上の一品だと、心から思う。天国にぴったりだ」

ぎゅっと抱きしめられ、ネグリジェの背を撫で上げられた。彼の手はそのまま上昇して、頭をぽんぽんと叩く。

「う……あ、あり……」

お礼を言いたいのに、喉になにかが支えてしまってうまく話せない。そんなわたしを見て、トラヴィス様はくすっと笑った。

「夜も連日、遅くまで頑張ってくれてありがとう。マリアリウムペンのお披露目が楽しみだ」

彼に褒められるとそれだけで報われる。

少し前まで、前世の無念を晴らしたいって――それだけだったのに。

愛しい人の笑みを見られることが幸せで、この上ないものだと実感する。もちろん、多くの人を笑顔にしたいという野望もあるが、まずは彼だ。

わたしはトラヴィス様の背に腕をまわして、思いきり抱き返した。

デイラ城の一角、王太子妃だけが使用できるというサロンに招かれたわたしはガチガチに緊張しながらチェルシー様の言葉を待っていた。

円卓を挟んで向かいに座っているチェルシー様は、わたしが献上したハーバリウムのペンダントを、あらゆる角度から真剣な眼差しで眺めては息をついている。

そろそろ伺いを立ててもよいだろうかと考えあぐねていると、チェルシー様は壁際に控えていた侍女を自分のもとへ呼び寄せた。

「いますぐこのペンダントを身につけるから、手伝ってちょうだい」

侍女はすぐに、チェルシー様がもとからつけていたネックレスを外してハーバリウムのペンダントへつけかえた。

バラの花びらが舞う大粒のペンダントは、快活なチェルシー様によく似合っている。

とはいえ、自画自賛しても仕方がない。チェルシー様が気に入らないことには、贈り物として成り立たない。

チェルシー様は無言で席を立ち、円卓を回り込んでわたしのすぐそばに立った。わたしもまた椅子から立つ。

「素晴らしいわ！」

勢いよく両手を取られ、ぶんぶんと上下に動かされる。

「えっ……あ、あの……気に入っていただけたのでしょうか？」

「もちろんよ！　デイラ国――いいえ、この世界に類を見ない美しさだもの。気に入らない者なんて、いるはずないわ」

わたしはやっと安心して、肩の力を抜いた。チェルシー様はサロンの壁に造りつけられている大鏡でペンダントを眺めたあとで自分の席へ戻った。

その後、ふたりで紅茶を飲みつつ、わたしはハーバリウムこと『マリアリウム』をプロモーションする。ハーバリウムという呼称は前世のものだから、トラヴィス様が名付けてくれたマリアリウムペンに倣ってそう呼ぶことにした。

チェルシー様はわたしの野望——否、広く販売するための戦略を、熱心に聞いてくれた。

「……話はわかったわ。そういうことなら、私とお茶会を共催しましょう！」

「お茶会の共催、ですか？」

「そうよ。この城で大規模なお茶会を開いて、マリアリウムを皆に紹介するの。それはもう派手にね！」

チェルシー様の瞳は、やる気に満ちあふれて爛々としている。

「招待客は……そうね、ひとまず国内の有力貴族。そうだ、ジェナも招待するのはどう？」

ジェナ様という名前を聞いてぎくりとする。

「あなたは気が進まないかもしれないけれど……マリアへの罪滅ぼしという意味でも、ジェナをぎゃふんと言わせたいの。マリアの作るものがいかに素晴らしいのかわからせるわ。それに私との共催なら、ジェナも軽はずみに手出しはできないはずよ。謀反でも企てていないかぎりね。なんにしても、アトリー侯爵は有力貴族の部類だから招待しなければならないわ」

「そう、ですよね。わたし……頑張ります。よろしくお願いいたします、チェルシー様！」

わたしは膝の上に置いていた両手に力を込めることで、ジェナ様と立ち向かう決意をした。

二週間後。チェルシー様と共催する茶会当日、カーライル邸を出る前のこと。

トラヴィス様は悶々とした顔でポルトコシェールにいた。

「茶会のあいだずっときみのそばについているつもりだったのだけれど。どうしてこのタイミングなんだ」

先ほどマヌエル殿下の使者から連絡があり、アトリー侯爵に動きがあったとのことで、トラヴィス様はマヌエル殿下とともに王都を出ることになった。

なんでも、アトリー侯爵を謀反の罪で追い詰めている最中なのだそうだ。

「こういう状況だから、ジェナが単独行動を取るとは考えにくい。茶会の場には出てこないかもしれない。けれど少しでも危険を感じたら、気兼ねなくブレスレットを引きちぎって。すぐに駆けつける」

「はい、トラヴィス様。どうぞお気をつけて」

「ああ。……きみが先に発つといい」

トラヴィス様にエスコートされて、城行きの馬車に乗る。馬車が走りだしても、車窓から彼の姿が見えた。トラヴィス様が見えなくなるまでずっと、わたしは窓の外を眺めていた。

……大丈夫。今日はカーライル家からもたくさん護衛の人をつけてもらっているし。

アトリー侯爵はもう崖っぷちなのだ。それなのに、わたしになにかしてくる余裕があるとは思えない。むしろトラヴィス様のほうが危険なのではないかとも思う。

どうかご無事で。

わたしよりも何百倍も力のあるトラヴィス様だ。彼のすべてを信じよう。

そして、自分にできることを精いっぱいしよう。

カーライル家のためにもマリアンフラワーとマリアリウムを広く知らしめ、事業として軌道に乗せる。それが、いまのわたしが成すべきこと。

城にはいつにもまして、警備の衛兵があちこちを巡回していた。

デイラ城の庭でチェルシー様と落ち合い、最後の打ち合わせをしてゲストを迎える。

広大な庭はすぐに多くの貴族たちでいっぱいになった。

明るく元気なチェルシー様は王太子妃ということも相まって顔が広く、令嬢たちとの人脈も厚い。彼女の友人は皆がマリアリウムのペンダントに興味を示し、褒め称えてくれた。

チェルシー様はさながらマリアリウムの広告塔だ。今日の茶会でもペンダントを身につけてくれている。

そんなチェルシー様のそばで、わたしは令嬢たちに「マリアリウムのアクセサリーはどのようなものがあれば欲しいと思われますか?」と聞き込み調査をした。

話をしてくれた令嬢にはお礼にマリアリウムのガラス瓶を贈った。

マリアンフラワーが詰め込まれたガラス瓶は、サンプルとしていつでもゲストへ手渡せるようドレスの内ポケットにたくさん仕込んできた。

裾が膨らんだドレスなので、見た目からはそうだとわからないだろう。

わたしはぐるりと庭を見まわす。チェルシー様がジェナ様に茶会の招待状を送ったのは、アトリー侯爵に謀反の嫌疑がかけられる前のことだ。

アトリー侯爵の娘であるジェナ様には関係のないことだと言えばそれまでだけれど、やっぱりいまはそれどころではないのか、ジェナ様の姿はない。

こないならこないで、そのほうがいい。よけいな気を遣わずに済むと、思ったときだった。

城の侍従と話をしていたチェルシー様が、青い顔で近づいてきて「ジェナがきた」と言った。

直後、ジェナ様が現れた。粛々としたようすで、わたしたちのもとへ歩いてくる。

「――ごきげんよう、チェルシー様、マリア様」

淡褐色の瞳と目が合い、ジェナ様の声が響いたとたん、場の空気が凍ったようだった。

「え……?」

わたしは自分の目を疑う。

勘違いや錯覚ではない。本当にあたり一面が凍っている。

それまで賑わっていた庭のすべてが、氷で覆い尽くされていた。

身動きが取れるのはわたしと、いま目の前にいるジェナ様だけ。もっとも、わたしの手首には氷の枷が嵌められていて、両手が動かせない。

わたし以外の貴族たちは下半身のあたりまで氷漬けにされていた。庭にいた皆が悲鳴を上げ、それまでの和やかな雰囲気から一変して阿鼻叫喚となる。

「ジェナ様！　これはいったいどういう――」

「来なさい！」

ジェナ様はわたしの言葉を遮り、ドンッと強く肩を押してくる。

「嫌です！　いますぐ氷魔法を解いてください」

「あなたが一緒に来ないのなら、ここにいる全員の頭まで氷漬けにして息の根を止めるけれど、よろしくて？」

「なっ――」

ジェナ様の顔はぞっとするほど真剣だった。生半可な脅しではないとわかる。

チェルシー様たちをこれ以上、危険な目には遭わせられない。

わたしは唇を噛み、氷の上を歩きだす。

「だめよ、マリア！　行ってはだめ」

後方からチェルシー様が叫んだ。

「わたしは大丈夫ですから！　いまにきっと助けがきます」

「うるさいわね、さっさと歩きなさい！」

ふたたびジェナ様に背を押された。わたしは氷の上を転がるようにして進む。

そうして城門までくると、ジェナ様から押し込まれる格好で馬車に乗せられた。アトリー侯爵家の紋章はついていない。辻馬車のようだ。

簡素な馬車の床に転がるわたしを、ジェナ様が両足で踏みつける。乗り心地は最悪だ。

「ちょうどいいオットマンだわ。いい気味」

「……っ」

わたしは痛みに耐えながら手首を動かし、摩擦で氷を溶かそうと試みるものの、雫ひとつ落ちなかった。

あまり冷たくないのは、この氷がジェナ様の魔法で作りだされているから？

「その氷は特別なの。融点を高くしているから、そう簡単には溶けないわ」

それでは、少々手首を揺さぶったところで溶けるはずもない。わたしは手首の氷を溶かすのを諦め、ジェナ様に問いかける。

「こんなことをして、どうするおつもりなのですか」

「この国を乗っ取るのよ」

いっそ清々しいまでの悪役然とした発言である。

でも国を乗っ取るために攫うのなら、わたしじゃなくて王太子妃――チェルシー様のほうが有効だよね。……って、チェルシー様を攫うべきだと思ってるわけじゃないけど。

「チェルシー様でなくわたしを攫う必要がありますか？」と、率直に尋ねてみる。

「人質として充分に価値があるわ、チェルシーよりもずうっとね。マヌエルや城の兵は怖くないもの。最も手強いのは……トラヴィス様よ」

ジェナ様の顔が苦々しげに歪む。

「あらゆる魔法に長けたトラヴィス様を懐柔できればよかったのだけれど、あなたみたいなのに現を抜かしていらっしゃるのが残念でならないわ。だから結局、国を乗っ取るのには邪魔になる。そこでトラヴィス様の抑えとしてあなたが役に立つというわけ。あなたがいれば、トラヴィス様は下手に手出しできない」

冷めた表情のまま、ジェナ様はわたしのお腹に置いていた足に力を込める。

「だからって、殺されないと高をくくるのはやめてちょうだいね？　たとえあなたが死んだとしても遺体を凍らせて海にでも沈めれば見つからないから、生きているのだと嘘をついてトラヴィス様をいいようにできるわ」

そんなことさせない――と叫びたいところだったけれど、現時点ではなんの勝算もない。下手に彼女を刺激しないほうがいい。

間もなくして馬車が停止した。

ジェナ様から足蹴にされながら馬車を降りる。ジェナ様は御者に金を渡しているようだった。

辻馬車はすぐに走り去る。

「ようこそ、わたくしの城へ」

白いドレスを着たジェナ様の向こうに、それとまったく同じ純白の塔が聳え立っていた。

塔の壁やその周囲に至っても真っ白で、塵ひとつない。潔癖なジェナ様の性格を表したような建物だ。

ジェナ様はわたしを引きずるようにして塔内へ入り、出入り口の扉を厳重に施錠した。

塔に足を踏み入れるなり、わたしの手首を拘束していた氷が瞬く間に溶けてなくなった。

「さて……と。そのブレスレットはトラヴィス様がお作りになったものね？　ベンにあなたを襲わせたとき、部屋に散らばっていたから調べたの。転移を促す魔法が施されていたわ。それも、引きちぎることで魔法が発動するのでしょう。やってごらんなさいよ」

わたしはためらいながら赤い瑪瑙の玉に手をかける。

これを引きちぎれば、トラヴィス様にわたしの居場所を報せることができるはずだけど。

ジェナ様はどうして、それを見過ごすような真似をするの？

なにかの罠？　……ううん。そうだとしても、いま頼れるものはこのブレスレットだけ。

わたしは赤い瑪瑙の玉に手をかけて思いきり引っ張る。

壁掛けランプの薄明かりしかない塔内でも、瑪瑙はきらきらと輝きながら散っていった。

わたしは祈るようにトラヴィス様の来訪を待つ。

けれど数分が経っても、彼がきてくれる気配はなかった。

「ふふふ……あははっ……！　やったわ、トラヴィス様の裏をかけた！　この塔は完璧よ！」

ジェナ様は白いドレスの裾を翻しながらくるくると回り「汚いものはぜぇんぶ排除して、わたしくしはこの国の女王になるのよ」なんて妄言を紡いでいる。

「この塔ではね、あらゆる魔法が無効になってしまうのよ。だからまあ、あなたを氷漬けにして殺すことはできないのよね。殺るとしたら、もっと原始的な方法でなくちゃ……」

物騒なことを言いながら、ジェナ様はなおも饒舌をふるう。

「けれどしばらくは籠城生活よ。食料は当面わたくしとお父様のぶんだけでかまわないのだし。あぁ安心して？　あなたが餓死する寸前に草でも食べさせてあげるわ」

姿は見えないものの、アトリー侯爵もこの塔内にいるのだろう。

「この塔に使用人はいないのですか？」

「いないわ。いても邪魔なだけ。塔の構造や情報が外部に漏れでもしたら一大事だもの」

わたしはクッ、と奥歯を噛む。

このままでは『バッドエンド』どころか、ジェナ様に手を下されるか餓死するかの『デッドエンド』しか残っていない。

デイラ城の警備は万全だったのに、まさかジェナ様がこれほどの暴挙に出るとは、おそらくだれも想定していなかった。

どうやっても抗えないの？

決められたルートを歩かされているのかもしれない――けれど。ここからは行動しだいだ。

なにもしなければ、たやすく悪い結末になる。過去は変えられずとも、未来はどうとでもなる。なんとしてもハッピーエンドをもぎ取らなければ。

そのためにわたしはいま、なにをすればいい？

まずはトラヴィス様にわたしの居場所を伝えること。彼はマヌエル殿下とともにアトリー侯爵を追うと言っていたから、きっとこの近くにいる。

「お父様にもこの快挙を伝えなくては」

ジェナ様は上機嫌で階段を上っていった。

チャンスだ！

わたしは壁際へ走り、ドレスの内ポケットからマリアリウムのガラス瓶を取りだして鉄格子の隙間から外へと投げた。

ジェナ様は潔癖だから、塔の外がマリアリウムで汚れるのを嫌がって外に出るはず。使用人はいないと言っていたから、汚れたものは自分で掃除するしかない。ジェナ様なら、僅かな汚れも見過ごさないはず。

塔の外にさえ出てしまえば魔法が使える。トラヴィス様がジェナ様を見つけ、捕らえることもできるはずだ。

わたしは内ポケットから次々とガラス瓶を取りだして外へ投げつけた。

寝る間を惜しんで作ったマリアリウムの瓶を落として割るのはなかなか辛いものの、背に腹は代えられない。

すべての瓶を投げ終わるころ、急に後ろから肩を掴まれ、床に思いきり叩きつけられた。

ジェナ様は鬼のような形相で鉄格子へ向かった。外を眺めるなり「ひっ」と声を上げる。

「あなた——なんてことを！　ああもう、せっかくの城が台無しだわ！」

「う……」

石の床にぶつかったせいで肩が痛む。

「初めから動けないようにしておくのだった」

ジェナ様は憤慨しながらわたしの口をハンカチで塞ぎ、両手と両足を縄で縛り上げた。そのあとで、首から提げていた鍵で出入り口を解錠し、外へ出ていった。

あわよくば鍵を開けっぱなしにしていってくれないだろうかと思ったけれど、出入り口には外からまた鍵をかけられてしまった。

だけど、オイルと花でさんざん汚したから……そう簡単には掃除できない。

塔の周囲に敷き詰められていた白い床だけでなく、壁にもオイルと花が飛び散っていることだろう。それをひとりで片付けるには骨が折れるはずだ。

鉄格子の向こうから、ジェナ様の「いやだもう、落ちないいじゃない！」という怒声が聞こえてきた。しめしめ、だ。

わたしはひたすら祈り続ける。どうかトラヴィス様が、割れたマリアリウムを見つけてくれますように、と。

「――マリア！」

トラヴィス様の声だ。わたしは「んんーっ！」と呻く。口にきつく巻かれたハンカチのせいで呼び返せない。身動きも取れないので、外でなにが起こっているのかわからなかった。

ただ、先ほどからずっと凄まじい轟音が響いている。

少ししたあと、ジェナ様のものと思しき悲鳴が轟いた。

どうなったの？

ジェナ様の氷魔法は強力だ。捕らえることはできたのだろうか。

トラヴィス様に怪我はないだろうか。

不安に押しつぶされそうになり、じたばたと暴れて両足を動かそうとする。せめて足の縄が解ければ、鉄格子から外のようすを窺うことができる。

力いっぱいもがいていると、出入り口の扉がギイィッと音を立てて開いた。

塔内が急に明るくなった。眩しさに目を閉じたあとで、そっと開く。

だれかが、こちらへ向かって駆けてくる。

トラヴィス様だ。

彼は、いまにも泣きそうな顔で石の床に膝をついた。

トラヴィス様の手には、それまでジェナ様が首から提げていた鍵が握られていた。彼は鍵を床へ放り、わたしの口を覆っていたハンカチを拭いとった。

両手と両足の縄も瞬時に解いてもらえた。

「トラヴィス様！　大変なのです、デイラ城でチェルシー様や皆さんが氷漬けにされてしまって……っ」

「そちらは問題ない。炎属性の使い手が氷を溶かしたから、皆無事だよ。それよりも、きみだ。怪我は？　私はまた、遅くなった――」

悲痛な面持ちでそっと抱き起こされる。床に打ちつけた肩が痛んで顔を顰めると、トラヴィス様はすぐそのことに気がついた。

「肩が痛む？　見せて」

トラヴィス様はドレスの袖を慎重に捲り、わたしの左肩を確かめる。

「だい……じょうぶ、です。ただの打ち身だと思います」

心配をかけまいと自力で立ち上がり、全力でにっこりほほえむ。

「助けてくださってありがとうございました、トラヴィス様」

無理をして笑っていることなんてお見通しらしい。トラヴィス様は安心した顔をしない。

「外へ出て肩を冷やそう。この塔では魔法が使えないようだから」

トラヴィス様に支えられて塔の外へ出る。

「マリアは無事か？」

マヌエル殿下は、拘束されて座り込むジェナ様のそばにいた。衛兵たちがぐるりとジェナ様を取り囲んでいる。

「肩を痛めているから冷やす」

短く答えてトラヴィス様は右手を動かし、手のひらに氷を作りだした。それをクラヴァットで覆い、わたしの肩に当てる。

「お手を煩わせてしまい、申し訳ございません」

「なにを言うんだ、これくらいさせてほしい。きみを危険な目に遭わせて本当にすまない」

口元を摩られた。それまでハンカチできつく口元を縛られていたから、その跡がついていたのかもしれない。

トラヴィス様がじいっと見つめてくる。顔の距離が、どんどん縮まっていく。

すると後方から「コホン」という咳払いが聞こえた。

「取り込み中のところ悪いが、トラヴィス。アトリー侯爵の確保がまだだ。おそらくこの塔に潜んでいる。彼を捕らえなければ、マリアをはじめ皆の平穏は訪れない」

「それはマヌエルの役目だろう」

「私だけでは無理だ。協力してくれ」

「人使いの荒い――」

トラヴィス様はマヌエル殿下を一瞥したあと、ジェナ様を睨みつけて「アトリー侯爵はどこだ」と詰問した。

「塔の最も奥まったところにいるわ。けれどお父様を捕まえるのは無理よ。そこへ辿りつくまで何重にも鍵を掛けている。魔法は効かないから、そう易々と鍵を壊すことはできない。わたくしを人質にしたくらいで出てくる父ではないわ」

ジェナ様は両手と両足を金属のようなもので拘束されているのに、勝ち誇ったような顔をしている。いっぽうトラヴィス様は顎に手を当てて、なにか考え込んでいた。

「マヌエル、塔を炎で囲おう。かなり魔力を使ってしまったから、私ひとりでは足りない」

「魔力が足りない？　ジェナを捕らえるのにそれほど消費したわけではないだろう。ほぼ無尽蔵のおまえがどうして——って、ああ……アトリー邸からカーライル邸へ帰るとき無駄に転移魔法を使ったせいか」

呆れた顔をしているマヌエル殿下から視線を逸らし、トラヴィス様はばつが悪そうに塔を見上げた。マヌエル殿下もまたトラヴィス様に倣って塔を見遣る。

「だがわかった。この塔を火祭りにしてアトリー侯爵を炙りだそう、ということだな」

「そう。塔内での魔法は無効化されるかもしれないが、塔の外で魔法を使って炎を発生させるぶんはなんの問題もない。何重にも鍵を掛けて、出られないようにしているのならなおさら効果的だ。ずっと炎に晒していれば、塔内部の可燃物質に火が回るし、炎の熱からは到底逃げられない」

トラヴィス様の説明を聞いたマヌエル殿下は大きく頷いて「よし、やるぞ」と声を上げた。

ふたりはほぼ同時に塔へ向かって手をかざした。どこからともなく炎が現れる。

そうだ、マヌエル様は炎属性の使い手だった。

石造りの塔とはいえ、高温の炎にずっと晒されていればひとたまりもない。

純白の塔は黒く焦げたそれへと様変わりする。

それまで余裕の表情をしていたジェナ様が、上ずった声で「やめてっ、わたくしの最高傑作なのよ！」と叫んだ。当然、トラヴィス様とマヌエル殿下はその言葉を聞き入れない。

炎は勢いを落とすことなく塔の外壁を炙り続ける。

そうしてとうとうアトリー侯爵が姿を現した。塔の最上階からこちらを見おろして「やめてくれ、この塔は私の最高傑作なのだ！」と、ジェナ様と同じことを叫んでいる。

それでもトラヴィス様たちは手を下ろさない。炎は塔を囲んでごうごうと燃え続ける。

やがてトラヴィス様が口を開く。

「アトリー侯爵！　そこにいたのではただ死を待つだけだ。命が惜しいのならそこから飛び降りろ」

それってどっちみち死んじゃうのでは……？

トラヴィス様がどういうつもりなのかわからず、はらはらしながら見守る。

アトリー侯爵はなおもうろたえていたけれど、炎の熱に耐えかねて自棄になったのか、バルコニーの柵から身を乗りだして飛び降りた。

息を呑むわたしの傍らで、トラヴィス様が右手を振り上げる。

落ちてきたアトリー侯爵は、地面にぶつかるぎりぎりのところで浮かび上がった。

青い顔をしているアトリー侯爵に向かってトラヴィス様はさらに魔法をかける。

侯爵の体は銀色の金属でがっちりと固定され、瞬く間に身動きが取れなくなった。

「まったく、魔法の無効化に成功したくらいで幼稚な籠城を決め込んで。呆れかえる。アトリー侯爵もジェナも、少しの成功で気が大きくなる気質のようだ」

地べたに並ぶアトリー侯爵とジェナ様を見おろしてマヌエル殿下がぼやいた。

拘束されているふたりは、苦虫を噛みつぶしたような顔になって項垂れた。

わたしは塔に目を向ける。

扉は木製だったし、塔内には食料もあったようだから、火が移ったのだろう。

トラヴィス様たちが炎で囲うのをやめても、塔は燃えさかっていた。

「塔は、このまま燃やしてしまうのですか？」

「どうしようか。アトリー侯爵の謀反を決定づける物証が出てくるかもしれないし、まだ残しておきたいところだね」

トラヴィス様がマヌエル殿下を見遣る。殿下は「ああ」と同調した。

「じゃあ今度はマリアが手伝ってくれる？　私と一緒に雨を降らそう。もちろん無理のない範囲で」

彼が気遣わしげに左肩を見つめてくるので、わたしは「魔法を使うぶんにはなんの問題もございません！」と意気込んだ。

わたしの右手と、トラヴィス様の左手が重なる。

願いを込めて雨を呼ぶ。

燃えさかる塔の周囲に雨粒が漂いはじめる。

陽の光を受けた雨粒は、塔の罪悪を窘めるように滔々（とうとう）と降り注いだ。


アトリー侯爵とジェナ様は投獄され、謀反を企てていた証拠も塔や彼らの屋敷からごまんと出てきたのだという。

アトリー侯爵夫人はというと、アトリー侯爵とジェナ様が自らの力に溺れて謀反を企てるようになったころから国外へ逃げ、関わらないようにしていたのだそうだ。


時が経ち、わたしの肩の傷が癒えたころ。

わたしたちは海に面した南の国へハネムーンに出かける。

デイラ国においてマリアンフラワーとマリアリウムは広く知られるところとなった。

この勢いで、南の国にも広めてみせる！

ハネムーンでも商品を売り込む気満々のわたしを見て、トラヴィス様は「やる気いっぱいだね」とほほえんでいた。

王都を出てひたすら南下し、海に面した国に到着する。

目の前には白い砂浜が広がっていた。さざ波の音を聞きながらあたりを見まわす。

オレンジ屋根に白い壁のヴィラが丘の上にあった。

ここは前世で言うところのプライベートビーチだ。わたしたちのほかにはだれも立ち入らない私的な空間となる。

「ようやくハネムーンにこられた。この日をどれだけ心待ちにしていたことか。ねえマリア。マリアンフラワーの売り込みにはもちろん私も精を出すけれど、まずはこの海を楽しもう？」

「は、はいっ……。ありがとうございます、トラヴィス様」

「礼を言うのは私のほうだ。きみがそばにいてくれると、どこだって楽園になる」

そんなふうに見おろされたら、胸がトクンッと跳ね上がる。どれだけ経ってもやっぱり、彼の美貌と甘い言葉にはくらくらしてしまう――。

一行はビーチからヴィラへ移動した。

夕食は、地元のシェフが作ってくれた海鮮料理だった。何度もほっぺが落ちそうになった。

湯浴みを済ませたあと、トラヴィス様はデイラ国から一緒にきていた従者たちに「私たちはビーチへ行くが、構わなくていい。むしろ近づかないように」と指示していた。

湯上がりには、白い薄布が重ねられたナイトドレスを着た。ヴィラに用意されていたもので、袖や裾がドレープ状になっていて軽やかだ。

トラヴィス様はというと、麻のさらりとしたシャツにブリーチズという服装だ。彼はそういうラフな格好もよく似合う。夏の色気むんむんだ。

わたしたちはヴィラを出てビーチへ歩く。いまは夕方だけれど、太陽はまだ目の高さにあるから、あたりは明るい。

「せっかくの海だから、水遊びでもする？　それとも砂遊び？」

どちらも子どもの遊びだ。けれどトラヴィス様と一緒ならなんだって楽しい。彼も同じらしく、いつになくはしゃいだ顔をしている。

「では水遊びを！」

言いながらわたしはくるぶしのあたりまで海水に浸かった。それから海の水を掬い、トラヴィス様へ向かってかけてみる。彼はぼうっとしていたのか、麗しい顔に海水が直撃した。

「トラヴィス様⁉　ごっ、ごめんなさい！」

彼は難なく避けるだろうと思っていたので焦る。

「海の水を掬うきみが美しくて、見とれてしまっていた」

トラヴィス様は頬を掻きながら砂浜の上を歩き、裸足で海水に浸かった。

「お返しだよ」

彼の大きな両手が海面を叩き、飛沫が上がる。まさかわたしは、彼のように真正面から海水を浴びることなんてないはずだ——と思っていたのだけれど。

　水に濡れた金の髪は輝かしく、夕陽が彼をいっそう蠱惑的にするものだから、降りかかる飛沫をまったく避けられなかった。冷たくて塩辛い。

「マリア！」と、今度はトラヴィス様がうろたえる。

「ごめん、冷たかったね」

「い、いえ……少し暑いですから、ちょうどよかったです」

　額に張りついた髪を手のひらで避ける。トラヴィス様は無言でこちらを見つめている。

「どうなさいました？」

　するとトラヴィス様は、はっとしたように目を瞠って右手を掲げた。

「ここ——透けてる」

　彼が指し示している胸元を見おろす。白い生地は海水に濡れたことで透けてしまい、薄桃色の乳首が存在感を露わにしていた。

「ひゃ、っ」

　とっさに隠そうとすると、それよりも早くふたつの膨らみを手のひらに収められる。

　大きな両手が、膨らみの先端を際立たせるようにぎゅっと乳房を絞り込んだ。

「あ、あぁっ……」

「……人払いをしておいてよかった。きみのこんな姿、私以外には見せられない」

湯上がりなので、コルセットやシュミーズといった下着はつけていなかった。

この白い薄布を二枚重ねただけというのは、いま思えばとても無防備だ。

トラヴィス様は愛しげに乳房を掴みなおし、薄桃色の箇所をさらに際立たせる。

濡れた生地の上から胸の頂をつんっと押されたわたしは、たまらず高い声を上げる。

「ひぁっ……だ、だめ……です。ここ……外」

「だれもこない、と……言ったよ、さっき」

甘い声で宥め、トラヴィス様はなおも胸の頂を薄布越しに指で探る。

「外でこんなことをするのは、嫌？」

その訊き方はずるい。嫌ではないから返答に困ってしまう。

エメラルドグリーンの美しい海の只中で、胸の頂を擦られると、背徳感も相まって気持ちがよい。

「ね……マリア？」

わたしが気持ちよくなっているのなんて、トラヴィス様はいつだってお見通し。

どこか挑発的に笑う彼を見てぞくりとする。わたしは返事をする代わりに小さく頷いた。

とたんに彼の指遣いが活発になる。透けている薄桃色を濃くしたいのか、トラヴィス様はその箇所を指で何度も撫でつけた。

「ひ、ぅ……っ。ん、ふ……」

濡れた生地と指との摩擦がたまらない。両足が小さく震えた。波が絶えない砂の上に立っているからか、不安定だ。

そして快感もまた、さざ波のように押し寄せてくる。

透けた生地の内側で、乳首は尖りきっていた。

トラヴィス様はわたしの胸元に顔を寄せ、硬くなっている乳首を食む。

「あっ……！」

まるで味わうように、はむはむと唇を動かし、トラヴィス様は白い薄布ごと胸の頂を弄ぶ。

「塩気があって美味しい」

したり顔で、不意にそんなことを言われたものだから顔が熱くなる。

押し寄せる波の勢いが増したせいか、あるいは動揺しすぎているせいか、わたしはその場に立っていられなくなった。

「ここでは危ないね」

抱きかかえられ、岩場の陰へ連れていかれる。

トラヴィス様は着ていたシャツを脱いで砂の上に広げ、そこへわたしを座らせた。

露わになった彼の上半身は逞しく、見ているだけで情欲を掻きたてられる。

「どこを見ているの」と、彼が笑う。

トラヴィス様の体に釘付けだってこと、わかってるはずなのに。

わたしが不満を露わに見上げれば、彼は笑みを深めて言う。

「私も、見ていいよね。マリアのこと」

白いスカートを胸の上まで一気に捲り上げられる。

下着もつけてないなんて、やっぱり無防備すぎた……！

後悔しても遅いし、見られて悦んでいる自分がいるから世話がない。

トラヴィス様は薄く唇を開けてわたしの乳房を見つめ、その頂に吸いついた。

先ほど生地越しにされたときよりも格段に彼の口腔は熱い。

「んふ……うぅ……」

熱い舌が、海水の塩気をさらうようにねっとりと動く。緩慢に、じっくりと舐め上げられた薄桃色の棘はぽってりと膨らんでいた。

トラヴィス様は左胸の尖りを舌で舐めつけ、右のそれは指でくりくりと捏ねまわした。

湿りきった乳首は潮風に吹かれてますます過敏になる。

呼応するように両脚がビクビクと弾んだ。

胸の頂を指と舌でふたつとも軽く引っ張り上げられる。そのあとは丹念に捻りまわされた。

どれだけそうして捏ねられても、もとの形は変わらない。

それなのに彼の指と舌にそうされると、その箇所が蕩けて変貌を遂げてしまう気がしてならなかった。それほど強く、快楽を刻まれている。

「ぁ、んっ……あ、あぁ……っ」

彼の唇は肌を吸いながら下降していく。ちゅっ、ちゅっというリップ音がどんどん遠ざかり、トラヴィス様の唇は足の付け根まで届く。

わたしは体を起こしていることができなくなって仰向けに寝転がる。

蜜を零している秘めやかな部分にくちづけられるものと身構えたのだけれど、トラヴィス様はそこを避けて、太ももの内側に舌を這わせた。

「ん、ぅ……ふっ……」

初めは単純に焦らされているだけなのだと思った。ところが彼はどれだけ時間が経っても、なんでもないところにしかくちづけない。

「あ……は、あ……っ」

息が弾み、たまらなくなってくる。

彼の唇は少しも『欲しいところ』にきてくれない。もどかしくて錯乱してしまいそうだった。

「トラヴィス様……！　お願い、です。そこではなくて、もっと――」

「……もっと？　どこに、くちづけられたい？」

優しく問われたわたしは、両手を口で押さえた。視線をさまよわせる。

恥ずかしい、けど……言わなくちゃ、絶対に触ってくれない。

「わたしの……いっぱい、溢れてる……ところ」

声を絞りだせば、トラヴィス様は頬を染めて自身の前髪を掻き上げた。

「やっとその気になってくれたんだね。待っていたよ、ずっと……きみから、食べられたいと言ってくれるのを」

花芽を指でつん、つんと突かれる。

「あ、ぁっ……」

「でも、少し足りないな」

いったいなにが「足りない」のだろうと、わたしは首を捻る。

「自分で乳首をつまんで、脚を広げてねだってみて？」

極上のほほえみを湛えた彼からの言葉だとは、思えなかった。

わたしが言葉を失っていても、トラヴィス様は笑みを崩さない。その要望を曲げる気は一ミリもなさそうだった。

錯乱寸前のわたしには、羞恥心という抑えが効かない。

脚を大きく広げ、胸の尖りを自らつまむ。呼吸は荒く、胸は大きく上下していた。興奮してしまっている。

また、溢れてきてる。

卑猥なポーズをとったことで、膣口からはますます蜜が滲む。

「……おねだり、上手だね」

たまらないといったようすでトラヴィス様は小さく眉根を寄せ、あらためて身を屈める。

そのあとはわたしの指ごと乳首をつまみ、めちゃくちゃに嬲りはじめた。

足の付け根のほうにも容赦がなく、淫唇を舌で抉られる。

「あっ、あぅっ……は、あぁっ！」

トラヴィス様は小さな粒をべろべろ、ちゅっちゅと舐めたり吸ったりする。

これでは本当に食べられているよう。

「ふぁ、あっ、あ……っ！」

喘ぎ声が止まらなくなる。快感が強すぎて、それ以上は乳首をつまんでいられなかった。

わたしの両手が乳首から外れるなり、トラヴィス様はいっそう激しく薄桃色を弄りたおす。

激しくても乱雑なわけではなく、適度な力加減で薄桃色の棘を素早く嬲られるのだ。

そんなふうにされると気持ちがよすぎて、ひとりでに下腹部が跳ね上がってしまう。

自分の意思ではコントロールできない。

わたしが足の付け根をビクビクと上下させても、トラヴィス様はまごつくことなく秘め園に唇をあてがったまま、ぴちゃっ、ちゅうっと水音を立てて愛で続ける。

呼吸がままならなくなるほど快感を覚えて、大きく息を吸う。

潮の香りは前世でも嗅いだことがあったし、さざ波の音にしても何度も聞いたことがあった。

なのに、どうしてだろう……特別なものだって、思える。

これまでに何度もこうして悦ばせてもらっているのに、すべてが以前とは異なる。

乳首を引っ張り上げてくる指先も、秘めやかな箇所を吸い立てる唇もすべてが愛しい。

わたしは思い至る。彼のなにもかもが特別になるのだと。

トラヴィス様と過ごす時間すべてが大切で、尊いものだと――。

目頭を熱くしていると、彼の指と舌の動きが加速した。

「あっ、あぁっ……んぅ、う、ふぁあぁっ……！」

悦びの全部が嬌声に変わったようだった。わたしは大声で叫び、至高のひとときを味わう。

手足の先まで快楽が駆け抜けて、下腹部を中心にビクンビクンと脈動する。

気持ちがよくて、嬉しくて、ますます瞳が潤む。

「泣いているの」

気遣わしげな声だった。視界がぼやけているので彼の表情が見えにくい。

「わたし……トラヴィス様のそばにいられて、すごく幸せです。だから、その……涙が出てきてしまって」

トラヴィス様がわたしの目元に顔を寄せてくる。

間近であれば、涙でぼやけていても彼の表情がわかる。トラヴィス様は嬉しそうに目を細くしていた。

涙を吸われることで、いっそう幸福感が増す。

「マリアは……この世界に転生、したのだよね」

急に彼が言うものだから驚きながらも、わたしは「はい」と返した。

「もしもまた生まれ変わるのだとしたら、私もついていきたいな」

身につけている白い布は首まで捲り上げられたままなので乳房は剥きだしだ。そこへ彼が顔を埋める。

胸の音を聞いているのか、トラヴィス様はしばらく動かなかった。

やがて彼はゆっくりと顔を上げる。

「きみの身も心も魂も、絶対に手放したくないんだ」

ぎゅうっと、心臓を鷲掴みにされたようだった。

熱く、甘やかに締めつけられ、引っ込んだはずの涙がまた溢れる。

「わたし、も」

感動しているせいで声が震えてしまう。

それ以上はなにも言えなかったので、トラヴィス様の頭に手をあてがって引き寄せることで「わたしも同じ気持ち」だと訴えることにした。

トラヴィス様は嬉しそうに顔を綻ばせてわたしの唇に吸いつく。

目を閉じて、柔らかなキスを堪能したあとでわたしはふと、あたりを見た。

「だいぶん薄暗くなってきましたね」

「そうだね。……陽が沈むところを見る?」

「はい」と答えれば、優しく抱き起こされた。

立ち上がると、捲り上げられていたナイトドレスの裾が下へ落ちた。

岩場に手をつき、海の向こうに沈む夕陽を眺める。

本来は青い空も、白い雲も茜色に染まっていた。

天国(ヘヴン)へ行ったときも、こうしてトラヴィス様と夕陽を眺めたっけ。

あのころのことを懐かしみながらも、水平線の向こうに沈む夕陽に目を奪われる。

「きれい……」

「……うん」

トラヴィス様の返事はどこか上の空だ。

彼の両手が後ろからまわり込んできた。首筋にちゅうっとくちづけられる。

トラヴィス様がどんな表情をしているのか気になって振り返れば、ふたたび唇を塞がれた。

「ん、ふ……っ。夕陽は、ご覧になりましたか?」

「見てない……マリアしか」

熱い息をたっぷりと含んだ掠れ声を耳に吹き込まれた。お尻に、硬いものが当たっている。

そんなふうに求められると、応えたい気持ちが膨れ上がって下腹部が蜜を湛える。

……ううん。求めてるのはトラヴィス様だけじゃ、ない。

わたしもまた彼を欲している。

いつもそうだ。彼はいつも、優しくも激しく甘やかな熱をくれる。

「トラヴィス様――」

乞うようにわたしが呼びかければ、トラヴィス様は薄く唇を開けて頷いた。

白い薄布をするすると捲り上げられる。

露わになったわたしのお尻を、トラヴィス様が両手で撫でまわす。それから、わたしの腰を掴んで自分のほうへと引き寄せた。

立ったまま、岩場に両手をついて彼へお尻を突きだす格好になる。

蜜を零す隘路の入り口に雄杭をあてがわれる。

熱く硬い一物が、小さく左右に揺れながらわたしの中に入ってくる。

「あ……っ、う……ふ、ぅ……」

隘路は大喜びで雄杭を呑み込む。

圧倒的な質量だというのに、苦しくはない。それがいつも不思議だった。

あるべき場所に嵌まり込むように、楔は蜜壺の中に収まる。

わたしの中に根元まで突き入れると、トラヴィス様は深呼吸をした。

後ろから伸びてきた彼の両手がこめかみを辿る。

「マリアは、景色を楽しんでいていいよ――」

「んっ……う、うぅ……っ」

ふるふると首を振り、わたしは眉根を寄せる。もう夕陽どころではない。

彼のもので満たされて、いっぱいいっぱいだ。ほかのことを考えている余裕はない。

体内に埋まった大きなそれは、いつだって凄まじい存在感を放っている。

「ふ、ぁっ」

薄布の内側に潜り込んできた手が乳房を掴む。

すぐに乳首を擦られるものだから、体内に満ちている楔とあいまって悦びが大きくなる。

「ひぁ……あっ、はぁんっ……！」

潤った蜜壺を硬いそれで掻きまわされれば、ここが外だということも忘れて大声で叫んでしまう。

その声に応えるように、トラヴィス様は律動を速める。

楔を前後されることでどんどん快感が高まり、いま自分がどう感じているのかを無性に伝えたくなる。

「あ、ぁっ……熱い……気持ちいい……っ、トラヴィス、様」

悦びの波がひっきりなしにやってきては快感が生まれ、たまらなくなる。

「マリア……っ、だめだ。あんまり煽ると、きみの中へ出してしまいそうになる」

余裕のない声がわたしの体を戦慄かせる。きゅうっと、なにもかもを締めつけられる。

「いい、です……。中……出して、くださ……」

愛しさが膨れ上がり、貪欲になる。トラヴィス様の全部が欲しくなる。

後ろから「マリア」と、弾んだ声で呼びかけられた。

振り返って応えたかったものの、抽送が速さを増したせいで、ただ喘ぐことしかできない。

「ふぁっ……あぁ、トラヴィス様……ぁ、あぁあぁっ……！」

ドクンッという大きな脈動があった。

そのあとは律動の余韻に合わせて最奥をトン、トン……と緩く穿たれる。

果ての瞬間まで彼が自分の中にいてくれることが、これほど嬉しいものだとは知らなかった。

トラヴィス様は静かに息をつく。

「……よかったの、マリア」

「悦かった……です。だから……もっと」

わたしがねだると、トラヴィス様は手の甲を口に当て、悩ましげに眉根を寄せた。

「では——遠慮なく」

ふたたび彼が動きだす。吐精した直後でも、熱情の塊は少しも勢いが落ちていない。

彼はわたしの蜜壺を突きまわりながら言う。

「本当はずっとこうしたかった。きみのなかに精を放つこと——許してくれて、ありがとう」

そんなふうに言われると下腹部が切なくなる。

それからわたしは、陽が沈みきって暗くなるまで何度も愛を注がれた。

耳元で囁かれた言葉の破壊力は凄まじい。身も心もきゅんっと締めつけられる。

「愛している」


ヴィラのベッドはキングサイズでとても広いというのに、わたしとトラヴィス様はぴたりと寄り添って寝転がっていた。

目が覚めるとベッドの上にいた。


「おはよう」

声がしたほうを向けば、トラヴィス様は複雑そうな顔をしていた。

「おはようございます。ええと……どうされました？」

「ん……。きみが寝言で私のことを『怒らせると怖い』と呟いたものだから……気になって」

わたしは口を押さえる。どんな夢を見ていたのかまったく覚えていない。

「どのあたりが怖いのかな。改めたいから、教えてほしい」

彼の顔は真剣そのものだ。目が据わっているようにも見える。

「そ、それは……答えるのは難しいというか……。あっ、でも大丈夫です。ふだんはお優しいのに怒らせると怖いところも、魅力のひとつですから！」

わたしが勢いよく言えば、トラヴィス様はますます難しい顔をした。

「……わかった。その言葉を信じる。けれど、魅力だと思ってくれているのなら――もしもマリアが悪いことをしたら思う存分、お仕置きをしていいということだね？」

「お仕置き……？」

「そう。お尻を叩くんだ」

えっ、うそ――これってまさか、調教エンド⁉

「……なんて、嘘だよ。叩くなんて、しない。撫でるのは、たっぷりしたいけれど」

焦るわたしを見て楽しんでいるのか、トラヴィス様はずっと笑っている。笑いながら、お尻を撫でまわしてくる。

「気持ちいい？」

「ん、う……っ」

トラヴィス様はわたしのお尻を大きな手のひらでしつこく揉み込む。

「あ、んっ……うぅ、ふ……ぅ」

指先が蜜口や花芽にかかると、えもいわれぬ快感に襲われた。

わたしが快感を覚えていることを、トラヴィス様は決して見逃さない。

「あれ、もしかして本当にお仕置きされたいの？」

戸惑いながらも小さく頷く。彼の口角が楽しげに吊り上がる。

「じゃあマリアは悪い子にならなくちゃ、ね」

捏ねるような動きでお尻と蜜口、花芽にかけてふにふにと押される。

「んぁ、あ……はぁっ……」

「いや……もう、なっているかも」

「んっ……？　悪い子、ですか？　わたし――」

「ああ」

アメジストの瞳を煌めかせて、トラヴィス様は熱っぽく囁く。

「起床の時刻が迫っているのに、そんな顔をして私を誘惑する。とっても、悪い子だ」

自分がどんな顔をしているのかわからずに困惑していると、トラヴィス様の柔らかな唇を唇に押しつけられた。

甘い甘いキスの嵐に見舞われる。

「悪い子のマリアも、愛しているよ」

どこまでも優しく、敏感な箇所をあちこちくすぐられて、全身が快感に蕩けていく。

彼の愛に、溺れていく。

そうしてわたしは気がつく。

これは間違いなく、伝説の溺愛エンドだ――と。

あとがき

蜜猫F文庫様では初めまして、熊野まゆです。

ふたたびご縁をいただけて本当に嬉しいです、ありがとうございます！

作中の乙女ゲームタイトルですが、初稿時は『ハートえっちパラダイス』だったのを『ドキドキ☆ファンタジーロマンス』に変更しました。いえ、あらためて見たらちょっと、あんまりだなぁと……。タイトルセンスがなくて申し訳ないです。常にドキドキして心臓が止まりそうになるマリアですので、新タイトルはちょうどよかったかなと思っています。

さて今作も、パワーワード（↑たぶん違う）の『クマ』を出させてもらっています。『クマノォミ』は、熊野のお気に入りです。よく出してしまいます。湯けむりお風呂イベント時、なぜ円形浴槽の向こうに『クマ』なのかといいますと、ドキロマのシナリオを書いたのが『熊野まゆ』で、大のクマ好きだから……という裏設定がございます。クマの石像の存在が、本当に深い意味がなさすぎて申し訳ないです。

担当編集者様には、いつもたいへんお世話になっております。感覚で生きがちな熊野をしっかりご指導くださり、本当にありがとうございます。そしていつも『クマ』を出しちゃってすみません。

熊野ひとりでは気がつかないことが多く（毎回、こう書かせていただいている気がします）──私、ちゃんと成長してるのかな⁉　と心配になることもありますが、いただいたアドバイスを心に刻んで、これからも精進してまいります。

イラストご担当のＦａｙ先生。今作も素敵なイラストを、ありがとうございました！　マリアはえっちでかわいらしく、トラヴィス様はものすごい美形で！　臨場感のある挿絵にも、たいへん感動いたしました。嬉しいです！

そして！　制作に携わってくださった皆様に、心より御礼申し上げます。

最後になってしまいましたが、読者の皆様。そして蜜猫さんの一作目を買ってくれた親友のＴさん。お手に取ってくださりありがとうございます！　熊野は生涯修行中の身になるかと思います。どうか末永くお付き合いいただき、成長を見守ってもらえると嬉しいです。

熊野は公式Ｘ（旧ツイッター）をしていますので、お気軽にご意見ご感想などお寄せくださるとありがたいです！

末筆ながら、皆様どうかくれぐれもご自愛くださいませ。

またお会いできる日を楽しみにお待ちしております！

熊野まゆ

蜜猫F文庫をお買い上げいただきありがとうございます。
この作品を読んでのご意見・ご感想をお聞かせください。
あて先は下記の通りです。

〒102-0075 東京都千代田区三番町8番地1三番町東急ビル6F
(株)竹書房　蜜猫F文庫編集部
熊野まゆ先生/Fay先生

モブ令嬢なので大丈夫……じゃなかった!?
えっちな乙女ゲームに転生したら最推しエリートの公爵閣下に溺愛されてます

2024年1月29日　初版第1刷発行

著　者　熊野まゆ

発行者　後藤明信
発行所　株式会社竹書房
〒102-0075 東京都千代田区三番町8番地1三番町東急ビル6F
email : info@takeshobo.co.jp
デザイン　antenna
印刷所　中央精版印刷株式会社

Take-Shobo
Publishing Co,.Ltd.